Cuando no se olvida

ANNA CASANOVAS

Editado por Harlequin Ibérica.
Una división de HarperCollins Ibérica, S.A.
Núñez de Balboa, 56
28001 Madrid

© 2014 Anna Turró Casanovas
© 2014 Harlequin Ibérica, S.A.
Cuando no se olvida, n.º 180 - 1.10.14

Editor responsable: Luis Pugni

Todos los derechos están reservados incluidos los de reproducción, total o parcial. Esta edición ha sido publicada con autorización de Harlequin Books S.A.
Esta es una obra de ficción. Nombres, caracteres, lugares, y situaciones son producto de la imaginación del autor o son utilizados ficticiamente, y cualquier parecido con personas, vivas o muertas, establecimientos de negocios (comerciales), hechos o situaciones son pura coincidencia.
® Harlequin, TOP NOVEL y logotipo Harlequin son marcas registradas por Harlequin Enterprises Limited.
® y ™ son marcas registradas por Harlequin Enterprises Limited y sus filiales, utilizadas con licencia. Las marcas que lleven ® están registradas en la Oficina Española de Patentes y Marcas y en otros países.
Imagen de cubierta utilizada con permiso de Dreamstime.com.

I.S.B.N.: 978-84-687-4715-6

Para Marc, Ágata y Olivia

Conservar algo que me ayude a olvidarte
sería admitir que te puedo olvidar.
William Shakespeare

AYER

Hay amores imposibles, personas que no van a conocerse nunca, personas con vidas tan distintas y tan dispares que es imposible que coincidan y que, en el improbable e inexplicable caso de que lo hagan, no se fijarán la una en la otra pues ni siquiera se ven. Existe la teoría de que a veces la luna elige a dos de esas personas, dos personas tan distintas como las estrellas lo son de las nubes que acarician el sol, y se enamoran. Es un amor que puede con todo, como tiene que ser, pues tendrá que enfrentarse a muchos obstáculos para sobrevivir. Y, si lo consigue, será un amor inigualable, de esos que inspiran poemas y que hacen que las personas más sensatas pierdan la cabeza, o que las más perdidas encuentren su rumbo. La luna elige a muy pocas de esas parejas tan improbables y tan mágicas, de hecho, hace años que no elige a ninguna, porque la última vez que eligió una fue cuando decidió que el arcoíris se casaría con la tormenta, y por todos es sabidos que ellos dos nunca han conseguido estar juntos.

Leyenda de la abuela Celine.
(la abuela preferida de Amanda)

PRÓLOGO

Amanda Perrault tenía un físico que no encajaba para nada con lo que la gente esperaba de ella al oír su nombre o al descubrir la historia de su familia. Amanda era francesa, como su nombre indicaba, y su familia tenía un restaurante, francés, por supuesto, en el barrio irlandés de Boston. Sí, en el barrio irlandés; Boston, como la gran mayoría de ciudades de Estados Unidos, también carecía del buen gusto necesario para tener un barrio francés. O eso solía decir siempre el padre de Amanda.

Cuando alguien oía el nombre de Amanda Perrault y averiguaba que su familia poseía un restaurante esperaban ver una joven de piel blanca y pelo negro y resplandeciente, cortado justo debajo la oreja probablemente. Unos ojos grandes y también oscuros, algunas pecas, quizá, y una innegable tendencia a vestir con colores apagados y llevando siempre bailarinas en los pies y una boina en la cabeza.

Cuando no se olvida

Amanda era rubia, muy rubia, y sí, tenía unas cuantas pecas esparcidas por la nariz. Tenía los ojos de un color verde claro, ojos mágicos según su abuela Celine, y siempre sonreía. Carecía por completo de la frialdad de sus compatriotas y era muy cariñosa, y tenía una extraña tendencia a meterse en líos y a rescatar animales en peligro. Y un don extraordinario para los dulces, en especial para el pastel de manzana con crema de caramelo.

Amanda nació una noche de verano, su madre estaba en la cocina del restaurante cuando rompió aguas y su padre la llevó al hospital todavía con el uniforme de camarero. Después de los días de rigor en el hospital, Amanda y su madre Sophie volvieron a casa, y Amanda prácticamente se crio en la cocina. Quizá por eso quería ser cocinera, o quizá había sido justo al revés, quizá ese local se había convertido en un restaurante porque sabía que algún día Amanda crecería en él.

Ella era así, Amanda, soñadora, optimista, luchadora. De pequeña fue al colegio del barrio, las aulas estaban repletas de irlandeses e italianos, todos de Boston, claro, pero todos con las raíces repartidas por Europa.

Y así se hizo mayor Amanda, soñando con un continente que no había pisado jamás, convencida de que algún día viajaría allí y aprendería a cocinar. En su sueño, aunque su físico seguía sin encajar, Amanda se veía convertida en cocinera de un prestigioso restaurante francés. En chef, como decían allí. Pero como ella no era ninguna idiota, y su abuela Celine le había enseñado bien, sabía que los sueños no aparecen por arte de magia bajo la almohada y que hay que trabajar muy duro para conseguirlos. Y empezó a trabajar desde pequeña. Repartió periódicos por el barrio, paseó perros, hizo de niñera de los bebés de los vecinos... Sus trabajos iban cambiando a medida que se hacía mayor.

Con veinte años Amanda estudiaba Literatura francesa en la universidad, trabajaba en el restaurante de su padre, igual que sus hermanos, y siempre que podía, o que la llamaban, hacía de camarera en una empresa de catering de un conocido de la familia.

Y fue esa empresa de catering la que cambió el destino de Amanda... ¿o fue la luna?

Tim Delany tenía un físico que encajaba a la perfección con lo que la gente esperaba de él en cuanto oían su nombre y averiguaban quién era. Tim Delany era en realidad Timothy Delany Jr., es decir, hijo. Tim era el hijo mayor del senador Tim Delany padre (que también había sido junior en su momento), era alto, rubio, de piel morena, dientes perfectos y mandíbula fuerte. Lo único que no encajaba con Tim eran sus ojos, eran demasiado profundos, poseían demasiados sentimientos, y si uno cree que los ojos son el espejo del alma, puede afirmar que los ojos de Tim correspondían a un alma que estaba sufriendo. Pero ¿qué motivos podía tener Tim para sufrir? Él iba al mejor colegio de Boston, tenía los mejores coches, la ropa más impresionante, la casa más lujosa. ¿Qué más podía pedir? De pequeño, no demasiado. Tim aprendió pronto, demasiado pronto, que sus padres estaban siempre muy ocupados y que no podían dedicarle tiempo. Ante las cámaras, o ante sus amistades, eran siempre cordiales, fríos pero cariñosos, de mano firme y halago escueto, pero cuando estaban a solas sencillamente desaparecían. Sin embargo, el pequeño Tim se hizo mayor y descubrió que sí que podía hacer algo para llamar la atención a sus padres; podía beber, estrellar algún coche, dejar que lo arrestasen, drogarse, acostarse con una cualquiera en su casa.

En realidad él no disfrutaba en especial haciendo ninguna de esas cosas, sencillamente le gustaba dejar de ser invisible durante un rato. Con el paso de los meses esos actos de rebeldía también fueron perdiendo eficacia y entre Tim y sus padres se instaló una especie de tregua que consistía en que ellos le dejaban hacer lo que quisiera siempre que cumpliera con unas expectativas mínimas. Y una de esas expectativas fue estar presente en la fiesta que habían organizado en la mansión familiar para celebrar la última victoria política del senador Tim Delany (padre).

Tim no sabía qué hacer con su vida, el senador y su esposa se las habían ingeniado para coartar y destrozar todos sus sueños. «No puedes estudiar Arte, Tim». «¿Psicología infantil? Vaya estupidez.» «¿Por qué quieres ir a ayudar a reconstruir un poblado en África?». Lo único que parecía encajar era el fútbol, ese deporte sí que contaba con la aprobación del senador, al fin y al cabo era el pasatiempo preferido de Norteamérica.

Tim no era consciente de estar apagándose, lo que él sentía era una asfixia continua con la que había aprendido a convivir. Igual que un pez al que sacan del agua pero vuelven a meterlo dentro de vez en cuando para que nunca llegue a perder la vida. Tim era ese pez y ya se había olvidado de hacia dónde quería nadar y de si de verdad quería seguir haciéndolo.

Hasta que un día el senador le obligó a asistir a esa fiesta... ¿o fue la luna?

CAPÍTULO 1

Amanda estaba muy cansada, se había pasado la semana entera sobreviviendo a un examen tras otro y trabajando por las noches en el restaurante de su padre. Estaba en su tercer año en la universidad y las asignaturas habían empezado a complicarse; en realidad se habían complicado ya en el primer curso pero a Amanda le gustaba creer que en esa época sabía lo que hacía.

El restaurante de su padre, el Sena (el nombre no era muy original), las cosas iban bien. Gozaban de mucha popularidad en el barrio y tenían una clientela bastante regular, además de los turistas ocasionales que entraban de vez en cuando. Amanda solía trabajar allí todas las noches, y no solo porque su padre le dejaba quedarse con todas las propinas que se ganaba, sino también porque cada noche preparaba uno de sus platos antes de que empezase el turno y después observaba fascinada las reacciones de los comensales que lo probaban.

Cuando no se olvida

Ya había preparado dos de pescado, uno de carne y tres pasteles que se habían ganado un lugar fijo en la carta. El próximo reto iba a ser una sopa.

Pero no iba a hacerla hoy. Era viernes y estaba exhausta, en cuanto terminase de servir el último café subiría a su cuarto y se quedaría dormida hasta el sábado por la tarde. O el domingo por la mañana, todavía no lo había decidido.

—¡Amanda! —la llamó su padre—, descuelga el teléfono. Es para ti. Es Jason, creo que quiere pedirte un favor.

Amanda cerró los ojos y se planteó pedirle a su padre que le mintiera a Jason y le dijera que se había muerto, o fugado a Alaska. Pero no lo hizo, Jason no se merecía que le diese aquel susto, era un hombre de sesenta años con problemas cardíacos, y ella necesitaba el trabajo. A Amanda no le hacía falta hablar con Jason para saber que la había llamado por eso, seguro que se le había puesto enferma alguna camarera.

—¡Voy! —le contestó a su padre resignada, y se levantó del sofá en busca del teléfono—. Hola, Jason, ¿en qué puedo ayudarte?

—Amanda, eres un cielo.

«Sí, se le ha puesto enferma una camarera.»

—¿Qué pasa, Jason? Dime.

—Tengo un compromiso enorme esta noche, una fiesta en casa de un ricachón en la ciudad. —Jason hablaba así, como sacado de una serie de dibujos animados—. Me han fallado tres chicas, he encontrado a dos pero no tienen experiencia y esta noche tiene que salir todo perfecto. No puedo jugármela, necesito a alguien que las vigile. Dime que vas a venir.

—Jason, yo...
—Te pagaré el doble.
—Está bien —aceptó sumando mentalmente la cantidad que iba a ingresar en su fondo «para Europa»—. ¿A qué hora tengo que estar allí?
—¿Dentro de media hora?
—Jason, acabo de llegar de clase.
—Está bien, dentro de una hora. Y tráete el uniforme. ¡Gracias, princesa, te debo una!

Amanda oyó que su interlocutor colgaba sin esperar a que ella se despidiera y se desplomó de nuevo en el sofá.

Tenía que alargar esos diez minutos de descanso como fuera. Cerró los ojos y cruzó los dedos para que la fiesta de la que le había hablado Jason tuviese pocos invitados y terminase pronto. Los abrió poco tiempo después porque notaba que iba a quedarse dormida y no podía correr ese riesgo. Se levantó del sofá y fue a ducharse.

El agua fría la ayudó a quitarse de encima parte del cansancio y tras secarse se vistió con unos vaqueros, una camiseta y un jersey. Se recogió la melena rubia en un moño en la nuca, asegurándose de que no le quedaba ningún mechón suelto y de ofrecer su aspecto más profesional. Se calzó unas deportivas floreadas que le había regalado su hermano mayor por su cumpleaños y buscó el uniforme de la empresa de catering en el armario. Descolgó la percha, la guardó con cuidado en la funda para transportar trajes y después colgó en el exterior la bolsa con las medias y los zapatos de tacón.

La empresa de Jason, Silver Fork, se esmeraba en ofrecer a sus clientes una imagen elegante, sofisticada y muy profesional. Nadie que viera a Jason lo creería, pues el hombre tenía una barriga digna de rivalizar con la de Papá Noel y siempre la cubría con camisas de vistosos estampados hawaianos, pero tenía una excelente visión comercial y un don innato para los negocios. Además, Amanda le quería mucho pues era el mejor amigo de su padre y una especie de tío adoptivo que solía malcriarla cuando no le pedía que sustituyese a una camarera un viernes después de una de las peores semanas de su vida.

Amanda bajó al restaurante cargada con el portatrajes, la bolsa de los zapatos y un bolso en el que llevaba un pequeño neceser con los utensilios de maquillaje y varias docenas de aspirinas. Le dio un beso a su padre, otro a su madre y a la abuela Celine, que estaba sentada en la barra leyendo el periódico e inspeccionando a todos los clientes que entraban.

—¿Adónde vas? —le preguntó la abuela.

—Jason me ha pedido que le haga un favor —le contestó Amanda robándole una rebanada de pan del plato que tenía delante—. Le han fallado tres camareras y tiene una fiesta muy importante.

—Vaya, y yo que creía que ibas a cometer la locura de irte de fin de semana como una chica cualquiera de tu edad —se burló Celine.

—Me ha dicho que me pagará el doble —se defendió Amanda, que sabía que no era normal que tuviese que defenderse por trabajar y no querer salir de fiesta.

—Fantástico, así tendrás más dinero cuando caigas rendida por ahí. Europa no se irá a ninguna parte, Amanda —le recordó su abuela con cariño.

—Lo sé. —Amanda se agachó y le dio otro beso en la mejilla—. Pero ya tengo veinte años.

—Ah, claro, me había olvidado de que en Europa te echan por vieja.

—¡Abuela! —Amanda se rio—. Lo digo por las escuelas de cocina.

—Lo sé. —Celine le dio unas palmaditas en la mano—. Vamos, vete, o llegarás tarde.

Amanda caminó hasta la parada de autobuses y esperó a que llegase el que la acercaba más a las oficinas de Silver Fork. No tardó demasiado en llegar a su destino y una vez allí se bajó del autobús y fue en busca de Jason y del resto de chicos y chicas que iban a trabajar en la fiesta de esa noche.

Y cuando vio la cantidad de personal que había allí reunido supo que sus plegarias habían sido en vano y que no iba a meterse en la cama hasta bien entrada la madrugada. Suspiró resignada y fue a cambiarse.

La fiesta iba a celebrarse en una de las mansiones más famosas de Boston; de hecho, probablemente la más famosa: la mansión de la familia Delany. Si en Estados Unidos existiera la realeza, los Delany serían condes, o incluso duques, decretó una de las compañeras de Amanda de esa noche. El motivo de la fiesta era que el senador Delany había sido reelegido por otra legislatura. A diferencia de su primera candidatura, esta segunda había estado más reñida, así que el senador no había reparado en gastos para restregar su victoria por la cara de su adversario.

La mansión Delany estaba situada en las afueras de Boston, era una magnífica casa señorial que había sido construida a principios del siglo pasado por el primer senador Delany, padre del senador actual. La fachada era de piedra caliza blanca, donde resaltaban las rejas negras y las columnas que presidían la escalinata principal rodeada de césped. Había flores por todas partes, arbustos perfectamente podados, y antorchas y velas que marcaban el camino.

Cuando la furgoneta en la que viajaba Amanda giró para dirigirse a la puerta trasera de la mansión, ella tuvo incluso la sensación de haber viajado en el tiempo y de estar viviendo una escena sacada de *El gran Gatsby*. Si bien Jason solía tener clientes muy selectos, jamás había tenido ninguno tan importante, no era de extrañar que la hubiese llamado tan nervioso cuando vio que le habían fallado tres chicas. Y tampoco que quisiera asegurarse de que todo saliera a la perfección. Si esa noche era un éxito, seguro que pronto tendría más clientes. Amanda se alegró mucho por él y se prometió que intentaría hacer todo lo posible para que esa noche los camareros, la comida y la bebida fueran como la seda.

La furgoneta se detuvo y Amanda, que iba en el asiento del acompañante, fue la primera en bajar. Dirigió a sus compañeros mientras descargaban las bandejas y el resto de utensilios y buscó con la mirada al organizador del evento. Tenía que haber uno, en esa clase de fiestas siempre lo había.

Lo encontró, una mujer estirada de unos cuarenta años con un pinganillo en la oreja. Se acercó a ella y se presentó. La mujer, la señora Watts, no le ofreció su nombre, le indicó dónde estaba la cocina y la sala que habían adecuado para que dejasen sus cosas. Amanda tuvo la impresión de que a esa mujer no le gustaba que ella fuese tan joven, pero no le dijo nada. Se despidió de ella estrechándole la mano y volvió con el resto de empleados de Jason para prepararse para la larga noche que les esperaba.

Los chicos y las chicas que trabajaban para Jason eran principalmente estudiantes de escuelas de hostelería de la zona. Amanda había coincidido con varios en anteriores ocasiones y sabía que podía confiar en ellos. Tal vez les faltara veteranía, como diría su padre, pero sabían lo que hacían y tenían recursos de sobra para reaccionar ante cualquier incidencia. Las únicas que le preocupaban a Amanda eran esas dos chicas nuevas que Jason había contratado para esa noche a última hora. Las dos eran muy agradables y estaban predispuestas a trabajar, pero también estaban muy nerviosas y muy alteradas porque iban a ver a «gente famosa» toda la noche.

Amanda intentó tranquilizarlas, les dijo que mantuviesen la mirada fija en lo que estaban haciendo y que no prestasen atención a quién era quién. Rose y Emma, así se llamaban las dos camareras novatas, parecían incapaces de serenarse, así que al final Amanda optó por encargarle a Rose que se ocupase de recoger las copas y los vasos vacíos que los invitados dejaban esparcidos por cualquier rincón imaginable. A Emma le encargó la supervisión de las botellas de vino, agua, zumos y licores que servían cuatro barmans profesionales en las barras que había instaladas en el salón. Convencida de que así las tendría a las dos ocupadas haciendo algo útil y que sin duda ayudaría al resto de sus compañeros, Amanda se dispuso a comprobar cómo iba la preparación de la comida.

Una hora más tarde salió de la cocina y suspiró aliviada al ver que la fiesta era un éxito. Los casi trescientos invitados hablaban entre ellos con sonrisas en los labios, la música flotaba con suavidad en el aire, los camareros se movían con fluidez por el salón y por las zonas del jardín que habían decorado para la ocasión. Los periodistas que habían asistido a la primera media hora de la cena habían fotografiado las mesas con las creaciones de los cocineros de Silver Fork y seguro que más de una invitada contrataría los servicios de la empresa de Jason después de esa noche.

A Amanda le dolían los pies y si pudiera detenerse un segundo y apoyarse en una pared, o en una puerta, se quedaría dormida, pero estaba contenta y se sentía muy satisfecha de sí misma. Tal vez incluso podría irse, pensó, podría decirle a Marnie, una de las camareras con más experiencia de Silver Fork, que la dejaba al mando e irse a casa.

Sí, ya habían empezado a servir los cafés y en la cocina estaban recogiendo los utensilios que habían utilizado para preparar los primeros platos.

Entonces oyó el distintivo sonido de varias copas rompiéndose a la vez y vio a Rose salir de una puerta de caoba que había al fondo del salón —y donde se suponía que no debía entrar— con lágrimas en los ojos.

Corrió hacia ella. Por fortuna para todos, el estruendo de las copas aconteció en el mismo instante en que la orquesta de música de cámara elevaba el volumen. Amanda lo había oído porque estaba cerca y porque esa clase de sonido formaba parte de su día a día y lo reconoció de inmediato.

—¿Qué ha sucedido? —le preguntó a Rose, asegurándose de que no tenía ningún corte ni ninguna herida.

Rose sollozó histérica y se abrazó a ella.

—Un hombre, allí dentro —balbuceó—. Me ha asustado.

Amanda la apartó de ella y la sujetó por los hombros.

—No pasa nada, tranquila. ¿Qué ha pasado?

—He entrado allí —señaló la puerta con un dedo tembloroso—... y se me ha caído la bandeja. Se han roto todas las copas.

Rose volvió a llorar desconsolada.

—No llores, Rose —la consoló Amanda—, ve a la cocina y quédate allí. Enseguida nos iremos, ¿de acuerdo?

—De acuerdo —aceptó Rose aliviada y con el rímel resbalándole por las mejillas—. Gracias.

—De nada. Vamos, ve.

Rose caminó apresuradamente hacia la cocina, intentando no llamar la atención. Amanda se esperó a verla entrar antes de apartarse y dirigirse a la misteriosa puerta de caoba.

Colocó una mano en el picaporte y antes de hacerlo girar miró a ambos lados para asegurarse de que no la veía nadie. Lo giró y entró.

La habitación estaba a oscuras, la única luz que había la proporcionaban los rayos de la luna que se colaban por las dos ventanas que daban al jardín trasero de la mansión. Era una biblioteca, dedujo Amanda al ver la estantería que había al fondo, precedida por dos butacas orejeras. En el centro había una mesa de billar. Las cortinas estaban parcialmente echadas, y había una parte de la estancia completamente a oscuras. En el lateral creía adivinar un mueble bar y un sofá chaise long. Un destello captó su atención y vio el estropicio de copas en el suelo. Sin encender la luz

Cuando no se olvida

para no captar la atención de nadie que pudiese estar paseando por el jardín, Amanda se dirigió con una bandeja a recoger los cristales.

Se arrodilló delante y empezó a colocarlos con cuidado encima de la bandeja.

—Vaya, deduzco que no eres la boba asustadiza de antes.

La voz le sorprendió pero no se asustó, ya había visto antes la silueta de su propietario sentado en la última butaca que había en medio de las dos ventanas.

—Y yo deduzco que usted es el cretino que la ha asustado y que no se ha dignado a ayudarla.

Y entonces sucedió lo más sorprendente: la voz se rio.

CAPÍTULO 2

Tim llevaba seis meses sin ver a sus padres, o tal vez más. Durante ese periodo de tiempo se había roto un brazo, el equipo de fútbol americano donde jugaba había ganado cuatro partidos y empatado otros dos, había pasado tres fines de semana en el extranjero, se había puesto enfermo, había aprobado dos asignaturas muy importantes en la facultad de Derecho y había decidido matricularse a escondidas en Psicología infantil.

Ni el senador ni su esposa se habían enterado de nada. No le habían llamado y no se habían interesado por él en ningún sentido. Y él ya no recordaba si le importaba o no, sencillamente sabía que así era como funcionaban las cosas.

Ese fin de semana Tim tenía planes, iba a pasarlo con un grupo de amigos en Nueva York. Habían organizado una fiesta para celebrar que su equipo se había clasificado para la final de la liga universitaria. Para muchos era su último año y habían organizado una gran fiesta en el hotel donde tenían las habitaciones reservadas. Iba a ser espectacular, pero a Tim no le había apetecido tanto ir hasta que apareció el secretario de su padre y le dijo que le esperaban «en casa» el fin de semana. Tim echó a ese energúmeno de la residencia universitaria donde vivía y le dijo que podían esperarle sentados. A la mañana siguiente apareció su padre. El senador que no había podido asistir a ningún partido ni había podido aconsejarle sobre ninguna asignatura, el mismo que no se había presentado cuando se rompió el brazo por tres sitios y tuvieron que sedarle para poder colocárselo en su lugar, apareció casi por arte de magia el viernes en el dormitorio de su hijo.

Tim no se inmutó al ver a su padre esperándolo en la silla que él utilizaba para estudiar. El senador había llegado de incógnito, llevaba gafas y traje negro, no había acudido allí en viaje oficial. No hacía falta que le sacasen ninguna foto, de hecho, se había asegurado de que nadie supiese que estaba allí. El padre de Tim le hizo saber que si no se presentaba en casa esa noche con sus mejores galas y su mejor sonrisa para celebrar la victoria electoral de su progenitor, este dejaría de pagarle todos esos lujos que le gustaban tanto. Y antes de que Tim abriese la boca y le dijese que siempre podía recurrir al fondo que le había dejado su abuela, el senador le recordó que él seguía teniendo el permiso de vetarlo. Tim lo fulminó con la mirada, cerró los puños y odió que le temblase la mandíbula porque los dos sabían que esa noche iba a estar en casa listo para la maldita función.

Después de que el senador se fuera, sin despedirse, obviamente, Tim se quedó en la habitación el resto de la tarde furioso consigo mismo porque, a pesar de los desengaños que había acumulado con los años y de lo mucho que había cambiado debido a ellos, había momentos en que se olvidaba de todo lo que había aprendido y volvía a ser el de antes.

Ese Tim jamás habría sobrevivido, pero el de ahora sí. Era una pena que sus amigos no estuviesen en la ciudad, habría podido tomarse una cerveza con ellos antes de irse a hacer el pamplinas. Se le ocurrió una idea brillante, acudiría a la fiesta y haría el mono como su padre le había pedido, ordenado en realidad, pero se encargaría de que el senador se arrepintiese de haberlo hecho aparecer. Y cuando el ambiente se calentase los dos se alegrarían de que se marchase antes de que terminase el fin de semana. Sí, pensó satisfecho, tal vez incluso podría llegar a Nueva York y reunirse con sus amigos. Preparó una bolsa con algo de equipaje, en la mansión ya no quedaba nada suyo de verdad, y abandonó Harvard.

Llegó a la mansión dos horas antes de que empezase la fiesta y la casa ya estaba infestada de camareros que iban de un lado al otro, preparándolo todo para la gran noche. Mientras cruzaba uno de los pasillos vio por el rabillo del ojo a la señora Watts, la arpía que sus padres solían contratar como organizadora de eventos, pero no reconoció el uniforme de los camareros y pensó que la última empresa de catering por fin había decidido tirar la toalla y dejar de soportar las exigencias absurdas de sus padres. Entró un momento en la cocina, cogió una cerveza y después siguió caminando hacia su dormitorio. Se pondría la ropa de deporte y saldría a correr un rato, le iría bien para desahogarse, después se ducharía y se pondría un traje de esos

Cuando no se olvida

con los que su madre insistía en llenarle el armario y saldría a recibir a la prensa con sus padres. Seguro que encima del escritorio que había frente a la ventana de su habitación encontraría un horario detallado de lo que se esperaba de él esa noche. Nadie había ido a recibirle, excepto el jefe de seguridad de su padre que le riñó por no haberle informado de su llegada. Tim se limitó a sonreírle de oreja a oreja y siguió caminando. Él siempre se había negado a llevar seguridad, le parecía ridículo e innecesario, y al parecer era lo único en que sus padres y él coincidían. Giró por un pasillo y llegó a la zona de la casa por la que iban a pasearse los invitados de esa noche. La decoración era muy elegante sin llegar a ser ostentosa, proclamaba a los cuatro vientos que los Delany hacía siglos que tenían dinero y, desde varias generaciones, también poder. Tim no la reconocía, ver ese vestíbulo y aquel salón tan preciosos no le causaba ninguna emoción, era como si se estuviera paseando por entre las páginas de una revista. Hasta que vio la foto.

Allí, colocada estratégicamente en un extremo de un impresionante mueble de cajones de madera, junto a un jarrón lleno de tulipanes casi perfectos, había una foto de Max.

Se le revolvieron las entrañas y estuvo a punto de vomitar. La sangre le hirvió tan rápido que notó que le temblaban las sienes. ¿¡Cómo se atrevían!?

Dejó la cerveza encima de la mesa que tenía al lado y caminó decidido hacia el resplandeciente marco de plata. Lo cogió, los dedos le temblaron al apretarlo con fuerza, y se alejó de allí ante la mirada atónita de uno de los camareros.

—¡Tim! —lo llamó la única persona capaz de detenerlo—. ¡Tim, espera!

Tim, que había subido cuatro escalones de la escalera que conducía al piso superior donde se encontraban los dormitorios, se paró sin darse media vuelta.

—No voy a volver a dejarla allí, Tabi.

—Lo sé —respondió ella—. Lo sé. ¿Por qué no te das media vuelta? Hace más de seis meses que no te veo —le riñó con cariño.

Tim se volvió a regañadientes. Quería irse de allí cuanto antes, le tiraba la piel de lo incómodo que se sentía.

—Ya está, ya me he dado la vuelta.

—Y sigues siendo tan malcarado como siempre. —La mujer suspiró resignada y subió los cuatro escalones—. Dame un abrazo —le dijo abrazándolo ella.

Tim no soltó la foto ni la bolsa, pero rodeó durante unos segundos a esa mujer que debía de pesar tanto o más que él.

—Has adelgazado —se burló, porque eso era lo que hacía con Tabita, fingir que era una persona capaz de bromear.

Ella se rio y le dio un beso en la mejilla antes de soltarlo. En el mundo rancio del senador y su esposa, Tabita Simons era su ama de llaves, la encargada de gestionar el resto de miembros del servicio y de asegurarse de que en su día a día ellos no tuvieran que resolver problemas mundanos ni tratar con la gente que los evitaba. Pero en el complicado y desolado mundo de Tim, Tabita era lo más parecido a una niñera que había tenido jamás.

—Eres un canalla —le dijo con una sonrisa; ella solía llamarlo así, y le acarició la mejilla—. Pareces cansado.

Cuando no se olvida

Tim tragó saliva y fingió que no le emocionaba ver que se preocupaba por él.

—Estoy bien. —Se encogió de hombros—. Voy a dejar el equipaje en mi habitación y me iré a correr un rato.

—La prensa llegará a las siete —le recordó ella.

—Estaré listo, no te preocupes.

Tabita le sonrió de nuevo, se giró y bajó la escalera a paso lento. A su edad y por culpa del reuma empezaba a costarle un poco moverse.

—Me preocupo —farfulló en voz baja—, me preocupo.

Tim subió el resto de la escalera corriendo, entró en su dormitorio, que por fortuna estaba intacto, y se puso la ropa de deporte. Dejó la foto de Max encima de la cama con el resto del equipaje y salió por la ventana como hacía siempre. Ese roble llevaba allí años y nunca le había fallado.

Corrió por el bosque que se extendía por detrás de la mansión hasta que el aire le quemó en los pulmones. El sudor le resbalaba por la espalda y le cubría la frente y el torso. A pesar de que estaba en excelente forma física porque era *quarterback* del equipo de fútbol de la universidad, esa tarde necesitaba forzase y correr más. Necesitaba la extenuación y el vacío que sentiría después. Por eso corrió y corrió sin importarle la hora, no paró hasta que los músculos de las pantorrillas le temblaron y se le tensaron los brazos. Solo entonces, cuando empezó a aparecer el dolor, corrió en dirección a la mansión. A medida que iba acercándose supo que el espectáculo estaba a punto de empezar y que tenía que darse prisa. Volvió a trepar por el roble y entró en su dormitorio por la ventana. Se duchó, se peinó y se puso el primer traje negro que descolgó que, evidentemente, era perfecto.

Estaba abrochándose los gemelos cuando alguien llamó a su puerta.

—Adelante.

Se abrió y apareció su madre.

—¿Estás listo, Tim? Tu padre nos está esperando.

—Sí, estoy listo. Estás tan bella como siempre, madre, por ti no pasa el tiempo —añadió con cierto sarcasmo y ella le sonrió, no intentó excusarse por todos los meses que hacía que no lo veía. Y tampoco le preguntó qué había estado haciendo todo ese tiempo.

Tim se acercó a la puerta y su madre le cogió del brazo. Seguro que hacían muy buena pareja. Juntos y en silencio caminaron hasta el final del pasillo, donde los estaba esperando el senador también con un aspecto impecable.

—Buenas noches, Tim.

—Buenas noches, padre.

El senador cogió la mano de su esposa y con unos movimientos perfectamente coreografiados empezaron a descender los escalones. Tim caminó detrás, en un discreto y a la vez visible segundo plano, tal y como le habían enseñado desde pequeño.

Los flashes estuvieron a punto de cegarlo, pero por suerte se agarró a la barandilla y nadie se dio cuenta. Los tres llegaron al rellano y el senador dio primero la bienvenida a los miembros de la prensa por acudir a su casa, después, se giró hacia su esposa y le dio las gracias por estar siempre a su lado y por haberlo apoyado a lo largo de toda su larga carrera política. Y entonces miró a Tim y le sonrió, y también le dio las gracias por ser su mayor motivación para seguir trabajando. Tim cerró los puños y esperó que ninguna cámara captase el gesto. Cumplido con su papel de abnegado esposo y padre, el senador se dirigió a las cámaras, dio las gracias a todos sus votantes y soltó parte de su discurso político. Tim dejó de escucharlo y adoptó una mueca que ya tenía perfeccionada. Había aprendido a detectar casi de manera inconsciente las palabras clave de cualquier discurso de su padre, así sabía cuándo tenía que aplaudir, cuándo debía quedar serio o cuándo podía —si quería— sonreír.

El discurso de esa noche incorporó un nuevo giro que le lanzó hacia un abismo de ira al que se había prometido no volver.

—... y gracias Max —el senador fingió quedarse sin voz—. Gracias por formar parte de nuestras vidas y ser toda una inspiración.

Los flashes volvieron a dispararse y sonaron los aplausos. Tim aguantó lo necesario porque cuando vio aparecer a la señora Watts con su pinganillo por el fondo del salón supo que la farsa ya había acabado. Esquivó a sus padres, cruzó el vestíbulo y el salón y se encerró en la biblioteca para emborracharse tranquilo.

Hasta que horas más tarde una estúpida camarera entró por la otra puerta y le preguntó si quería una copa de champán. A lo que Tim le contestó que podía metérsela donde le cupiera y que le dejara en paz. Debió de gritarle, pensó después, porque la chica se asustó tanto que dejó caer la bandeja y todas las copas que llevaba se rompieron al golpear contra el suelo.

Bueno, al menos ahora volvía a estar solo. Se apartó del estropicio sin inmutarse y se sentó en la butaca que quedaba entre las dos ventanas de la biblioteca. No debería haberle gritado, pensó aturdido por el alcohol que circulaba por su cuerpo y por un impresionante dolor de cabeza, esa pobre chica no tenía la culpa de que su familia y él fuesen unos miserables. Tal vez, si cuando se despertaba lograba recordarlo, buscaría al encargado de la empresa de catering y le explicaría que la chica no había tenido la culpa de haber roto todas esas copas. Sí, si se acordaba, intentaría buscarla y asegurarse de que no le hicieran pagar los platos rotos.

Cerró los ojos e intentó sucumbir al estupor causado por el whisky y el cansancio de antes. La rabia y la ira seguían vivas dentro de él pero la combinación de los dos factores anteriores había logrado entumecerlas. Un poco más, solo le faltaba un poco más. Levantó la copa que había dejado en el suelo y entonces la puerta volvió a abrirse.

No era la chica de antes, lo supo al instante, todo su cuerpo se tensó y apretó los dedos que tenía en el extremo de la butaca. La respiración le cambió, se adaptó al ritmo de su corazón igual que le sucedía cuando corría y hacía un sprint. Entrecerró los ojos, quería verla bien, era sumamente importante. Se maldijo en silencio por no haber separado más las cortinas o por no haber encendido una luz. Maldita fuera, ¿por qué diablos no había encendido una luz? Desde donde estaba y prácticamente a oscuras lo único que veía con absoluta claridad era que era rubia. La recorrió con la mirada y notó una gota de sudor resbalándole por la columna vertebral. Se le hizo la boca agua y se le cerró la garganta. ¿Por qué? Apenas la veía y parecía ser una chica normal. Era el modo en que se movía, pensó buscando una excusa, desprendía seguridad en sí misma y una sensualidad escondida como un secreto dentro de ella.

Cuando no se olvida

Tim se lamió el labio inferior y se acercó la copa a los labios para beber un poco más. Siguió mirándola, fascinado por sus movimientos y por las súbitas e intensas reacciones que despertaban en él. ¿Por qué? La semana pasada, sin ir más lejos, se había acostado con una chica mucho más explosiva y no le había excitado tanto como esa camarera desconocida. Se movió incómodo en el sofá y dejó la copa en el suelo al ver que ella caminaba hasta los restos de las copas de cristal y empezaba a recogerlos en una bandeja.

«Es porque no me mira», adivinó de repente. «Me ha visto, sabe que estoy aquí, y finge no verme.»

Harto de ser invisible, de que todo el mundo fingiera que no existía, Tim le habló. No, la provocó:

—Vaya, deduzco que no eres la boba asustadiza de antes.

Ella no dejó de amontonar trozos de cristal.

—Y yo deduzco que usted es el cretino que la ha asustado y no se ha dignado a ayudarla.

La respuesta fue tan irrespetuosa, tan sincera, y estaba tan cargada de razón que Tim hizo algo que hacía años que no hacía: se rio.

CAPÍTULO 3

La risa del desconocido de la butaca sobresaltó a Amanda pero siguió recogiendo el estropicio de la pobre Rose para salir de esa biblioteca cuanto antes. Había sentido la mirada de ese hombre encima de ella pocos segundos después de entrar y cuando descubrió su escondite le sorprendió ver la soledad que desprendía. Desde donde estaba no podía verlo bien pero gracias a la ventana que él tenía detrás de la butaca sabía que era joven, quizá mayor que ella, pero seguro que no llegaba a la treintena. También sabía que estaba cansado, abatido, incluso, a juzgar por la tensión que desprendían sus hombros. Y que estaba furioso. En el suelo, junto a la butaca, había un vaso medio lleno de un líquido espeso, probablemente whisky, y cuando el desconocido lo cogió los dedos lo sujetaron con demasiada fuerza y temblaron.

La risa, sin embargo, le sorprendió. Y él parecía estar tan sorprendido como ella, pensó Amanda al notar que la interrumpía durante un segundo para retomarla después.

—¿Quién diablos eres? —le preguntó él cuando dejó de reírse.

—¿Y usted?

—Soy Tim Delany tercero, el hijo del senador Delany.

—¿Siempre se presenta como un personaje de El señor de los anillos? Hola, me llamo Aragorn, hijo de Arathorn.

Él volvió a reírse y se movió en la butaca. Amanda lo adivinó porque oyó el ruido del cuero.

—No, lo cierto es que basta con que diga que me llamo Tim Delany para que la genta sepa quién soy. A ti no parece impresionarte demasiado.

—Oh, créame, estoy impresionada, señor Delany —farfulló.

Los niños ricos siempre la sacaban de quicio porque, mientras ella tenía que tener dos y tres trabajos para intentar llegar donde quería, a ellos se lo daban en bandeja de plata.

—¿Por qué estás tan enfadada? —le preguntó él y se le tropezó la lengua lo suficiente para que ella supiera que estaba bebido.

—No estoy enfadada.

Ya casi había recogido todos los cristales, ahora solo le faltaba secar el suelo con un trapo y podría irse de allí sin que nadie se enterase. Nadie excepto Tim junior, pero probablemente él estuviera lo bastante borracho como para no recordarlo.

—Sí que estás enfadada —insistió él, sonando de repente más centrado y menos ebrio—. ¿Por qué?

—¿Cómo que por qué? —Alargó la mano para coger el trapo que había dejado junto a la bandeja al agacharse—. La pobre Rose ha salido de aquí llorando porque usted le ha dado un susto de muerte y ahora yo tengo que recoger todo el estropicio y asegurarme de que nadie se entere para que la reputación de Jason no se vea afectada por culpa de una tontería como esta.

—¿Quién es Jason? —Tim seguía sin poder asimilar el efecto que le provocaba esa chica y su mente tenía serios problemas para seguir el ritmo de la conversación.

—Nadie —suspiró cansada—. Mire, ya que no está dispuesto a ayudarme, ¿por qué no sigue bebiendo y me deja hacer mi trabajo?

La vergüenza acaloró a Tim y dejó el vaso en el suelo, decidido a levantarse. Se pasó las manos, que seguían temblándole, por el pelo y cogió aire. Estaba extrañamente nervioso. Lo soltó y oyó que ella gemía de dolor.

—¿Qué ha pasado? —le preguntó arrodillándose a su lado casi sin darse cuenta.

Ella levantó una mano del suelo con un trozo de copa clavado en el centro. Con la mano ilesa se sujetaba la herida y se mordía el labio inferior para contener el dolor. Tim la observó respirar por entre los dientes y a pesar de la poca luz que había en la biblioteca ahora pudo ver sus facciones... y volvió a sentir aquella extraña presión en el pecho junto con las ganas casi incontrolables de abrazarla y protegerla de cualquier mal.

Se conformó con cogerle la mano herida. Tocarle la piel fue parecido a salir del agua cuando sopla el viento.

—Déjame ver —le pidió mientras se quitaba la corbata con la mano que le quedaba libre. Al menos ahora iba a servirle de algo aparte de soga—. No te muevas —susurró, y tiró del trozo de cristal que sobresalía de la palma—. Ya está. —Dejó caer la punta de vidrio en la bandeja y limpió la herida con la corbata—. Creo que deberías decirme cómo te llamas —susurró sin dejar de contener y limpiar la sangre.

—Amanda.

—Amanda —repitió él para sentirlo en su voz—. Creo que no necesitas puntos. —Le envolvió la mano con la corbata y al terminar anudó los dos extremos. Entonces hizo algo completamente inapropiado y que jamás le había hecho a nadie: se acercó la mano a los labios y depositó un beso encima del trozo de corbata que protegía la herida. Notó que ella, que Amanda, se tensaba y enseguida retiró la mano de su rostro, aunque no la soltó—. Lo siento —farfulló incómodo y agradecido por la falta de luz. Le ardían las mejillas y seguro que estaba sonrojado. Y él no se sonrojaba nunca, igual que tampoco era cariñoso con una desconocida que además le provocaba mareos—. Tabita lo hace y… —No terminó la frase, le soltó la mano y se puso en pie. Carraspeó y se pasó nervioso las manos por el pelo. Dios, ¿por qué estaba tan alterado?—. Lo siento —repitió a falta de otras palabras.

—No pasa nada —le aseguró ella tentativa, su voz más dulce y floja que antes—. Mi abuela Celine también lo hace.

Amanda movió la mano vendada y flexionó los dedos. Probablemente él tuviera razón y no necesitase puntos, la herida había dejado de sangrar y no la sentía muy profunda, pero le escocía muchísimo y le dolía cuando intentaba hacer fuerza con la mano. De todos modos, intentó coger la bandeja y levantarse.

—¡No! —la detuvo él—. Deja que lo haga yo. Soy un idiota, lo siento.

A juzgar por la torpeza con la que se disculpó, Amanda se atrevió a pensar que Tim no lo hacía muy a menudo.

Él se agachó y cogió la bandeja, que se veía ridícula entre sus brazos. A pesar de que apenas unos minutos atrás lo había tenido arrodillado a su lado, Amanda se fijó entonces en lo alto y fuerte que era el hijo del senador. Y siguió pareciéndole extraño que desprendiese tanta soledad y tanta amargura. Ella le había visto antes en las páginas de alguna revista y, aunque ahora mismo no le recordaba con claridad, sí que recordaba que le había parecido aburrido, una cara bonita y un cuerpo espectacular sin nada detrás. En cambio, el chico que tenía delante se escondía entre las sombras de la biblioteca, era tierno —aunque le daba vergüenza serlo— y estaba demasiado exhausto para ser un rico universitario de ¿veintitrés? años. El chico que tenía delante la fascinaba. Y tenía que hacer algo inmediatamente para detener esa fascinación; sería una locura, y una completa e innecesaria pérdida de tiempo (y una temeridad), que ella se interesase por él.

—Gracias —contestó Amanda poniéndose en pie—. Pediré que alguien venga a buscar la bandeja.

Tim la dejó encima de la mesa de billar y se acercó a la ventana para mirar el jardín. Le dio la espalda a Amanda y ella le vio meterse las manos en los bolsillos del pantalón. Ese traje, aunque resaltaba su físico y le hacía estar muy atractivo, no encajaba lo más mínimo con él.

Amanda se alisó la falda con la mano que no tenía vendada y caminó hasta la bandeja para dejar en ella el paño con el que había limpiado el suelo. El silencio se volvió pesado y tras mirar a Tim por última vez se giró y se dirigió a la puerta.

—No te vayas —le pidió él sin darse media vuelta. Amanda se volvió y comprobó que él seguía dándole la espalda. Los hombros estaban más tensos que antes, pero con la mano derecha se estaba apretando la frente o el puente de la nariz, no lo sabía con seguridad.

—¿Te duele la cabeza? —le preguntó ella.

—No. —Apartó la mano de repente—. ¿Quién es Jason? Antes has dicho que no querías que su reputación se viese afectada.

Amanda se quedó donde estaba, frente a la puerta. Sus padres siempre la reñían por su tendencia a recoger y cuidar todos los animales heridos que se encontraba y nunca había visto a uno que lo estuviese tanto como Tim. Pero a él no podía recogerle, darle un platito con leche o unas galletas, curarle la herida con mimo. En primer lugar, Tim probablemente le arrancaría la mano si se acercaba. Y en segundo, ella no tenía ni idea de cómo curar a Tim.

—Jason es el propietario de Silver Fork, la empresa de catering —optó por explicarle. Al menos así podía seguir observándolo y tal vez llegaría a la conclusión de que solo estaba borracho y de que la electricidad que se había extendido por su piel cuando él le había cogido la mano era culpa de la moqueta—. Una fiesta como esta puede significar un gran cambio para Silver Fork —siguió—. Si es un éxito, muchas de las invitadas querrán emularlo y le contratarán para sus eventos.

—¿Te acuestas con él?

—¡No! Pero ¿qué clase de pregunta es esa?

Notó el veneno que destilaban las palabras de Tim, la práctica con la que fluía por su voz, e intentó imaginarse en qué mundo era normal dirigirse así a una persona.

—Solo es una pregunta —se justificó él sin ninguna emoción.

—No es solo una pregunta, es una falta de respeto. Acabas de conocerme, no tienes ningún derecho a dirigirte a mí de esa manera.

—No hace falta que te pongas así —sonó molesto—. No quería ofenderos, ni a ti y a tu novio —añadió sarcástico.

—¡Y vas y lo vuelves a hacer! —Levantó las manos exasperada y al ver la corbata alrededor de la derecha, la que se había cortado, todavía entendió menos al hombre que tenía delante dándole la espalda—. Ser hijo de un senador no te da derecho a burlarte de los demás. Estoy convencida de que en alguno de los colegios privados a los que has asistido te han enseñado cómo mantener una conversación educada con un desconocido.

—Estoy harto de desconocidos.

—Pues si quieres que dejen de serlo, deberías preguntarles cosas sobre ellos sin insultarlos o sin insinuar nada —le sugirió Amanda, y sin saber muy bien por qué decidió darle una tregua—: Jason es el mejor amigo de padre, siempre le he considerado mi tío.

Tim siguió en silencio pero los hombros perdieron algo de tensión.

—No le diré a nadie lo de la bandeja —le aseguró pasados unos segundos.

—¿Por qué te estás escondiendo en esta biblioteca? —le preguntó entonces Amanda, y la tensión reapareció en los hombros de Tim multiplicada por diez o incluso por cien.

Si hubiera sido un animal, el león que parecía con su pelo rubio, se habría dado la vuelta y le habría enseñado los colmillos.

—No me estoy escondiendo —le aclaró furioso entre dientes.

—¿Ah no? —Algo la llevó a insistir, a buscar la verdad. Tal vez fue que por primera vez desde que se había puesto de espaldas daba signos de estar vivo—. ¿Y por qué estás aquí bebiendo solo en vez de estar fuera con tus padres o con el resto de invitados?

—No es asunto tuyo.

—Tampoco es asunto tuyo si yo me acuesto con Jason y eso no te ha impedido preguntármelo —le recordó Amanda.

—Déjalo.

—A mí tampoco me gustan las fiestas con tanta gente, lo reconozco, pero la comida que hemos servido era espectacular, tal vez todavía estés a tiempo de probar algo, y la orquesta toca muy bien.

Intentó quitarle hierro al asunto, bromear un poco, para ver si así lo animaba. No podía contener el impulso de hacer sonreír de nuevo a Tim.

—No quiero estar cerca de esa gente, se me revuelven las entrañas y me dan ganas de gritar o de darle un puñetazo a alguien —confesó en voz baja.

A Amanda se le encogió el corazón y tuvo que clavar los pies en el suelo para no acercarse a él y acariciarle la espalda, o incluso abrazarlo.

—Oh, Tim —suspiró.

Él notó el cariño, la tristeza, la preocupación y la sinceridad con la que Amanda había pronunciado su nombre y se puso furioso por haberle mostrado aquel aspecto de él que creía muerto y enterrado.

—Una mera camarera como tú no lo entendería —le dijo firme y distante, consciente de que así eliminaría de raíz cualquier interés que ella pudiera sentir por él—. Será mejor que vuelvas al trabajo.

Amanda tembló de la rabia y se mordió la lengua para no decirle lo que opinaba de esa estúpida frase. Sabía perfectamente que Tim la estaba echando porque había cometido el error de enseñarle demasiado y quería decirle que estaba bien, que podía confiar en ella. Pero no lo hizo porque algo dentro de ella, su instinto de supervivencia, le dijo que tenía que irse de allí. Ese hombre estaba demasiado herido y la destrozaría antes de permitir que ella lo ayudase.

—Tiene razón, señor Delany —sintió cierta satisfacción al ver que tensaba la espalda un segundo al oír cómo se dirigía a él—. Buenas noches.

Abrió la puerta, salió y la cerró sin hacer el menor ruido.

La fiesta seguía fluyendo a la perfección, nadie había notado su ausencia y, cuando entró en la cocina para supervisar los trabajos de limpieza, le aseguró a Rose que no pasaba nada y que podía estar tranquila.

No volvió a salir al salón, ayudó a empaquetar las últimas cajas y a subirlas a las primeras furgonetas. Le pidió a Marnie si podía esperarse hasta que se fuese el último turno y asegurarse de que el personal de Silver Fork lo dejaba todo como era su costumbre: en perfecto estado.

Cuando no se olvida

Marnie, gracias a Dios, le dijo que por supuesto que podía quedarse e insistió en que Amanda se fuera pues tenía mala cara y se la veía muy cansada.

Amanda no discutió y se fue con la primera furgoneta que abandonó la mansión de los Delany. Llevaba media hora de camino cuando se dio cuenta de que seguía teniendo la corbata alrededor de la mano.

Tim se arrepintió al instante de haber echado a Amanda de la biblioteca. La estancia volvió a quedarse helada y él sintió de nuevo unas ganas incontenibles de seguir bebiendo. Por supuesto, cedió a ellas y se sirvió otro whis—ky.

Se había comportado como un cretino, lo sabía perfectamente. Mejor que Amanda desapareciera ahora de su vida, cuando ni siquiera parecía una criatura real, que no que se quedase y lo abandonase después, porque lo haría. Le abandonaría igual que le abandonaba todo el mundo.

Era absurdo que sintiera esa extraña desolación por una chica de la que ni siquiera le había visto el rostro en condiciones. Era una reacción inexplicable y con toda seguridad inducida por el alcohol, el cansancio y la maldita fotografía de Max.

Vació la copa de un trago y se pasó el vaso de cristal por la frente para ver si el tacto le aliviaba el dolor de cabeza que había negado tener minutos atrás. Con lo que había bebido seguro que no tardaría en quedarse dormido o inconsciente y podría descansar. E intentar olvidar.

La puerta se abrió y se giró sobresaltado y feliz porque durante los segundos que tardó en darse media vuelta pensó que era Amanda, que ella no se había tragado sus chorradas y que volvía para reñirle o para hablar con él.

Era su padre.

El corazón le subió por la garganta y tuvo que tragar para devolverlo a su lugar y contener la inexplicable decepción.

—Sabía que te encontraría aquí —le dijo el senador—. ¿Y tu corbata?

Tim se llevó la mano con la que no sujetaba la copa al cuello y suspiró al recordar dónde estaba la corbata.

—No importa —siguió su padre—. Espero que no estés borracho, hay unos miembros del partido que quieren hablar contigo. Al parecer han oído rumores de que los Patriots quieren ficharte y quieren que se lo cuentes. Vamos, te están esperando.

Tim dejó el vaso encima de la bandeja con las copas rotas. No tenía ganas de discutir con su padre y si salía ahora de la biblioteca tal vez vería a Amanda.

—De acuerdo, vamos. —Tiró de los puños de la camisa por debajo de las mangas de la americana.

—¿Qué diablos les ha pasado a estas copas? —le preguntó el senador.

—Nada, las he roto —contestó Tim sin más saliendo de la biblioteca. Su padre aceleró el paso hasta colocarse a su lado y caminaron juntos por el salón que seguía repleto de invitados—. ¿No vas a preguntarme si es verdad?

—¿El qué?

Tim escudriñó el rostro de todas las camareras que se cruzaban por su camino, pero ninguno pertenecía a Amanda.

—Si los Patriots quieren ficharme.

Cuando no se olvida

—¿Lo es?
—De momento no —contestó Tim—, pero se han interesado por mí.

El senador no dijo nada más hasta que se detuvieron frente a un par de caballeros de aspecto muy importante. Entonces cogió a Tim por el hombro como si sintiera verdadero afecto por su hijo y les dijo:

—Aquí está Tim. No se preocupen, aunque los Patriots desplieguen todos sus encantos, no permitiremos que nos arrebaten al abogado más prometedor de Boston y futuro senador.

Los tres hombres se rieron y Tim sintió un escalofrío.

CAPÍTULO 4

Amanda se quedó dormida en cuanto se quitó los zapatos, la ropa y se puso el pijama. Ni siquiera tuvo tiempo de entrar en la cama, algo que notó horas más tarde cuando empezó a tener frío, pero que solucionó metiéndose entre las sábanas arrastrándose como un gusano. Era sábado y podía dormir hasta las tantas, pero a las diez el ruido y el olor provenientes del restaurante de abajo la despertaron.

La abuela Celine estaba haciendo cruasanes y no iba a permitirle que siguiera sin ella. Todavía no había descubierto el ingrediente secreto que utilizaba y tal vez hoy lo lograra.

Amanda salió de la cama y fue a ducharse. Al llegar al baño, aparte de comprobar que tenía un aspecto horrible, vio que todavía llevaba la corbata alrededor de la mano.

Deshizo el nudo con cuidado y dejó la prenda al lado del cesto donde guardaba los pintalabios. Inspeccionó la herida; se había cerrado bien y efectivamente no necesitaba puntos.

«Tim la besó.»

Sintió un escalofrío y se reprendió por ser tan boba. Tim también la había echado de la biblioteca diciéndole que una mera camarera como ella no entendería los complicados razonamientos de la sofisticada mente de un niño rico. Abrió el grifo del lavabo y esperó a que saliese el agua caliente, entonces metió la corbata debajo y la lavó con cuidado con jabón para eliminar la mancha de sangre. Después, la escurrió y la dejó secándose allí encima.

El ruido de la calle se colaba por el respiradero del baño y la hizo reaccionar. Dejó de acariciar la corbata, un gesto absurdo que la sonrojó a pesar de que no la veía nadie, y se metió en la ducha. No tardó nada, tenía práctica en ducharse a la carrera, y cuando salió se vistió y se secó el pelo también en un abrir y cerrar de ojos.

Bajó corriendo la escalera y abrió la puerta que había en el rellano que conducía directamente a la cocina del restaurante.

—Ya he acabado —anunció la abuela Celine metiendo la última bandeja en el horno—. Creo que hoy te habría explicado la receta entera, pero claro, como estabas durmiendo...

Amanda se rio porque sabía que era mentira y se acercó a darle un beso a su abuela.

—Buenos días, abuela.

—Buenos días. Allí tienes un cruasán, es de los primeros, y un zumo. Bébetelo, estás raquítica.

—¿Yo, raquítica? —Amanda se señaló a sí misma.

Nunca había estado obsesionada con su físico, si lo hubiera estado se habría vuelto loca con una madre y una abuela que insistían en cocinar pasteles, cremas y dulces seis veces por semana, y dado que corría casi a diario tenía los músculos bien desarrollados.

—¿Qué planes tienes para hoy? —le preguntó la abuela.

—Tengo que ayudar a papá en el restaurante y después tengo que estudiar. Sí, ya sé que mi vida es muy aburrida —añadió al ver que Celine enarcaba una ceja—, pero es lo que tengo que hacer si quiero que me acepten en la escuela de cocina de París.

—¿Desde cuándo quieres ir a esa escuela?

—Desde siempre —respondió confusa, su abuela lo sabía perfectamente—. ¿Por qué?

—Por nada. Es un buen sueño, Amanda, pero a veces los sueños cambian con el tiempo, con la vida. Y créeme, es mejor así.

Si en aquel instante no hubiese entrado su padre cargado con unas cajas llenas de frutas, tal vez Amanda le habría seguido preguntando a su abuela qué había querido insinuar con eso, pero no lo hizo. Amanda ayudó a colocar la fruta y cuando vio que el ayudante de cocina de su padre se limpiaba la frente con un pañuelo que llevaba atado alrededor del cuello, se acordó de la corbata. Abandonó corriendo la cocina y subió a casa.

La corbata ya se había secado y la guardó con cuidado dentro de un sobre blanco. En el exterior escribió sencillamente *Tim*. Volvió a bajar y entró de nuevo en la cocina.

—Tengo que salir un rato —anunció.

—¿Adónde vas? —quiso saber su padre, pero la abuela Celine le dio un codazo en la barriga para que se callase.

Cuando no se olvida

—Volveré dentro de una hora, una hora y media como máximo —especificó Amanda con una sonrisa—. Adiós.

Se subió al autobús cuya ruta se acercaba más a la mansión de los Delany y después eliminó el resto de la distancia caminando. No sabía muy bien por qué, y en la tercera parada del bus había dejado de preguntárselo, pero quería devolverle la corbata a Tim. Sentía en sus entrañas que su encuentro en la biblioteca no había sido una mera casualidad y que dependía de ella que sus futuros estuvieran conectados.

En cuanto llegó al camino de grava que presidía la entrada de la mansión empezó a pensar que tal vez no hubiera sido tan buena idea. Lo cruzó con paso acelerado y subió los escalones que conducían a la entrada principal antes de darse la posibilidad de recuperar el sentido común e irse de allí.

Llamó al timbre y esperó.

Tal vez estaban todos dormidos, o tal vez no vivían allí. Tal vez esa casa era una especie de museo que solo utilizaban para actos oficiales. O tal vez…

La puerta se abrió despacio y apareció una mujer enorme de aspecto afable.

—Buenos días, ¿en qué puedo ayudarla?

—Usted debe de ser Tabita —dijo Amanda de repente con una sonrisa.

La noche anterior, la única persona que mencionó Tim en medio de su extraña conversación fue alguien llamado Tabita y Amanda dedujo por el contexto que se trataba de una antigua niñera, pero al ver la expresión de esa señora supo que era exactamente la clase de mujer que besaba una herida después de vendarla.

La mujer, que probablemente creía que Amanda estaba loca, se sorprendió, pero pasados unos segundos también le sonrió.

—Lo soy, ¿y usted es?

—Oh, yo soy Amanda —le tendió la mano y Tabita se la estrechó encantada, y más confusa que antes.

—¿Y qué te trae por aquí, Amanda?

—Solo quería devolverle esto a Tim.

Le ofreció el sobre a Tabita y la mujer lo cogió y lo sopesó en la mano.

—Tim no está disponible en este momento.

Amanda sonrió porque en aquel instante comprendió que no había ido allí para ver a Tim, había ido para que él supiera que a pesar de su amarga y cruel despedida había habido un momento de la noche anterior en que le había gustado conocerle.

—No importa, solo quería devolverle esto. ¿Puede asegurarse de que lo reciba, por favor?

—Claro —afirmó Tabita mirándola a los ojos—. ¿Estás segura de que no quieres dárselo tú? Podrías volver más tarde.

—No, así está bien. Gracias, Tabita.

—De nada, Amanda.

Amanda iba a girar sobre sus talones para irse cuando de repente una idea absurda se cruzó en su mente y tuvo que llevarla a cabo.

—¿Tiene un bolígrafo a mano? —le preguntó a la otra mujer mientras ella también lo buscaba en su bolso—. ¡Aquí está! —exclamó victoriosa encontrando uno que le mostró a Tabita como si fuera un tesoro—. ¿Puede darme el sobre un segundo?

Cuando no se olvida

Tabita, que no entendía nada de lo estaba sucediendo, pero estaba fascinada con esa chica y con su misteriosa amistad con Tim, se lo entregó.

Amanda lo sujetó y escribió algo debajo del nombre de Tim antes de devolvérselo a Tabita.

—Ya está —le dijo con una sonrisa mientras se guardaba de nuevo el bolígrafo en el bolso—. Muchas gracias, Tabita. Ha sido un placer conocerla.

Amanda se giró y empezó a bajar los escalones.

Tabita observó fascinada el texto que había en la parte delantera del sobre: Tim, hijo de Arathorn.

Se rio y dijo en voz baja:

—Lo mismo digo, Amanda. Ha sido un placer conocerte.

Amanda no oyó a Tabita pero caminó más ligera que antes. Le había gustado devolverle la corbata a Tim, y saber que él con toda seguridad sonreiría al leer el nombre que había escrito en el sobre la hacía sentirse bien. Quizá fuera una tontería y quizá Tim nunca llegara a recibir ese sobre, pero ella lo había intentado. Sus padres y sus amigas siempre se burlaban de ella porque decían que no era capaz de estar enfadada con nadie. Amanda no sabía si eso era bueno o malo, pero era innegable que era verdad. Y en el caso de Tim, aunque acababa de conocerle, quizá más que con los demás. A pesar de que no volviera a verlo nunca más en la vida, no quería pensar que había contribuido a aumentar la tristeza de ese chico de hombros tan tensos que parecían soportar el peso del mundo.

Tim tenía resaca, la peor resaca que había tenido en mucho tiempo. Le dolían las piernas y los brazos por culpa de haber corrido como un poseso toda la tarde y la cabeza le iba a estallar. Había vaciado el contenido de su estómago varias veces y se había cepillado los dientes otras tantas, pero el sabor del whisky persistía, y también las náuseas.

Y para empeorar su ya de por sí lamentable y patético estado se sentía culpable por lo que le había dicho a Amanda.

Quién iba a decir que tenía conciencia y que esta había decidido despertarse en medio de la resaca más descomunal de la historia.

Alguien con ganas de morir llamó a su puerta.

—Largo de aquí —contestó desde la cama donde había vuelto arrastrándose después de vomitar en el baño.

La puerta se abrió y Tim consiguió levantar la cabeza dispuesto a mandar al infierno al intruso, pero al ver que era Tabita volvió a desplomarse.

—Vete de aquí, Tabi —farfulló con el rostro escondido en la almohada.

Tabita le ignoró y corrió las cortinas para abrir después la ventana.

—Sal de la cama, son las cuatro de la tarde —le riñó.

—¿Y qué? ¿Papá y mamá me están esperando para comer? —se burló sarcástico—. Ahora que ha terminado la función seguro que ni se acuerdan de que estoy aquí —farfulló.

—No, por supuesto que no —reconoció Tabita como si nada—, pero si no sales de la cama no puedo darte esto.

Tim ladeó la cabeza lo suficiente para ver el sobre que Tabita sujetaba en la mano.

—¿Qué es?

Cuando no se olvida

—Oh, no lo sé, Tim, hijo de Arathorn.

Tim se sentó en la cama tan rápido que tuvo que sujetarse la cabeza para no caerse.

—Dame eso —farfulló sin soltarse las sienes.

—Sal de la cama y dúchate.

—Ya no soy un niño de diez años, Tabi.

—Tienes razón, eres un hombre de veintitrés, empieza a comportarte como tal.

—Mierda.

—No reniegues.

—¿Quién ha traído el sobre? —le preguntó mientras intentaba apartar las manos de la cabeza y ponerse en pie.

—Amanda.

Volvió a marearse y volvió a sentarse.

—¿Amanda ha estado aquí?

—Sí, esta mañana. Es una chica encantadora, no es para nada de tu estilo, Tim.

Tim intentó fulminar con la mirada a esa maldita mujer, pero no lo consiguió y Tabita se rio y se acercó a él para mesarle el pelo.

—Está bien, iré a ducharme —refunfuñó.

Tabita se dio media vuelta y se dirigió hacia la puerta. La mujer iba vestida con su distintivo traje chaqueta negro y camisa blanca. Tim nunca había adivinado si lo había elegido ella o se lo había impuesto la estirada de su madre, pero ahora le resultaría imposible imaginarse a Tabita sin él. Ella esperó a que Tim se pusiera en pie y se dirigiera, tambaleándose, de nuevo al baño. No salió del dormitorio hasta que oyó correr el agua, y antes de hacerlo dejó el sobre en la mesilla de noche.

Cuando Tim salió del baño, casi una hora más tarde,

volvía a sentirse relativamente humano. Se había duchado con agua caliente y después con agua helada. Se había afeitado; a pesar de que era rubio tenía mucho vello en la cara y le costaba ir rasurado, por lo que la mayoría de las veces llevaba una barba incipiente de uno o dos días, y había vuelto a cepillarse los dientes dos veces.

Se vistió con unos vaqueros, una camiseta, un jersey azul marino y en los pies se calzó los toscos zapatos con cordones que utilizaba en la universidad. Boston era una ciudad muy fría en la que solía nevar. La brisa se había colado en la habitación gracias a la ayuda de Tabita y ahora olía los árboles del jardín y el cambio de estación que se acercaba. Se puso el reloj en la muñeca, la esfera rota le torturó como siempre con uno de sus guiños, y colocó bien la fotografía de Max que ayer al llegar se había llevado del vestíbulo. Cogió la cazadora e iba a salir cuando vio el sobre encima de la mesilla.

Lo abrió tras pasar los dedos como un idiota por la caligrafía de Amanda. Le pegaba, apenas la conocía y sabía sin lugar a dudas que esa letra decidida, rebelde y con un aire alegre le pegaba. En el interior encontró su corbata, pero olía distinta. Acercó la nariz al sobre, allí el olor era más intenso porque había estado cerrado, e inhaló. No, esa corbata ya no olía a tienda de ropa cara, a él no había llegado a oler jamás porque se la había puesto anoche por primera vez, ahora olía a jabón y a Amanda. A pesar del alcohol que había bebido antes de que ella entrase en la biblioteca no era suficiente como para que no se hubiese impregnado de su olor. Tal vez era porque no llegó a verla bien en ningún momento, pero cuando se acercó la mano herida a los labios para besarla, se impregnó de su olor.

Cerró el sobre con la corbata dentro y lo guardó en la

bolsa que se llevaría con él cuando volviese a la universidad mañana por la noche.

Había descartado ir a Nueva York y terminar el fin de semana yendo de fiesta en fiesta con sus amigos. Ahora iba a dedicarlo a buscar a Amanda, lo había decidido incluso antes de ver la corbata.

Salió del dormitorio y fue a la cocina para prepararse un café e interrogar a Tabita. Tal y como se había imaginado, ella lo estaba esperando allí.

—¿Qué te ha dicho Amanda cuando la has visto?

—Buenos días, Tabita, gracias por despertarme —le riñó ella con los brazos en jarra—, estás muy guapa esta mañana.

—Lo estás —dijo él bebiendo un poco de café. Cerró los ojos para disfrutar del sabor—. ¿Qué te ha dicho Amanda? Por favor, Tabi.

Tabita suspiró y se cruzó de brazos.

—No me ha dicho nada. Me ha dado el sobre y me ha pedido que te lo diera. Eso es todo, Tim.

—¿No te ha dicho nada más? ¿Te ha preguntado por mí? ¿Te ha parecido que tenía ganas de verme?

Tabita se acercó a él y lo abrazó tan fuerte que casi le hizo escupir el café.

—Ya sabía yo que algún día volverías, Tim.

—No sé de qué estás hablando, Tabita, y no puedo respirar.

La mujer le soltó y le miró afectuosa.

—Vas a encontrarla, ¿no es así?

—Dirás mejor que voy a buscarla —la corrigió Tim.

—No, he dicho que vas a encontrarla porque eso es lo que vas a hacer.

—Está bien —reconoció tras terminarse el café, sintiendo en el nudo que se le había formado en el estómago que efectivamente eran dos frases completamente distintas—, voy a encontrarla. ¿Sabes si la señora Watts se dejó por aquí la lista de personal de la empresa de catering?

Tabita sonrió y desapareció de la cocina, a la que volvió cinco minutos más tarde con una carpeta.

—No hay ninguna Amanda —le anunció a Tim.

Tim cogió los papeles y los repasó con atención. Tenía razón, no había ninguna Amanda, pero había tres nombres tachados con la palabra «sustituto» escrita al lado y el tic que demostraba que tenían la aprobación de la empresa de seguridad.

—Mierda, no está. —Tabita intentó darle una colleja pero la esquivó—. Tendré que llamar a Silver Fork, la empresa de catering, y preguntar.

Tim sacó el móvil del bolsillo y marcó el número, y después de una absurda discusión con Jason, quien se negó a darle los datos personales de una de sus camareras, Tim mandó al otro hombre al infierno.

CAPÍTULO 5

Eran las doce de la noche y el restaurante estaba a punto de cerrar. Solo quedaban dos mesas dentro, una estaba tomándose los postres y la otra ya había pagado la cuenta. Amanda estaba detrás de la barra que había en la entrada repasando unos apuntes de la facultad. Los comensales de esas dos mesas eran parejas del barrio y no les importaba que Amanda estudiase, así podían seguir disfrutando del ambiente tranquilo y romántico del local.

La abuela y sus padres ya habían subido a acostarse y André, el hermano de Amanda, se había ido con sus amigos cuando estos pasaron a buscarle. Solo quedaba ella.

La pareja que ya había pagado la cuenta se levantó de su mesa y se acercó a la barra para despedirse. Era un matrimonio de mediana edad que solía ir a menudo a cenar allí los fines de semana.

—Buenas noches, Amanda. No estudies demasiado —le

dijo la señora mientras su marido la ayudaba a ponerse el abrigo.

—Buenas noches, señora O'Brien.

—Cuídate, Amanda. —El señor O'Brien le dejó un billete sobre la barra.

—Gracias, señor O'Brien. —Guardó el billete en una caja de metal que tenía allí encima y que ponía en una pegatina: «para Europa». Todo el barrio sabía de su existencia—. Buenas noches.

La última pareja que quedaba seguía enfrascada en su tarta de chocolate, así que Amanda retomó la lectura de sus apuntes.

Oyó tintinear las campanillas que había colgadas encima de la puerta y sonrió sin levantar la cabeza.

—¿Se ha olvidado algo, señora O'Brien?

La última vez que el matrimonio visitó el restaurante los dos se olvidaron sendas bufandas.

—Hola, Amanda.

La voz de Tim le acarició la nuca y fue bajándole por la espalda hasta hacerle cosquillas en los pies. Dejó el lápiz que tenía en la mano encima de la barra antes de que le cayera al suelo de lo mucho que le temblaban los dedos y cogió aire antes de mirarlo.

Al fin y al cabo, iba a verlo bien por primera vez.

—Hola, Tim —le contestó sonrojándose.

Él estaba de pie frente a la puerta, llevaba vaqueros, cazadora y un jersey azul marino que le resaltaba el color de los ojos. Tenía el pelo algo despeinado, como si se lo hubiese tocado demasiadas veces, y una incipiente barba rubia se le insinuaba en las mejillas. Amanda no recordaba haberlo visto nunca tan guapo, las escasas fotografías que había visto de él sin duda no le hacían justicia, y ninguna, absolutamente ninguna, conseguía capturar la intensidad que desprendía Tim Delany de cerca.

Él también la recorrió con la mirada antes de acercarse y Amanda intentó imaginarse qué pensaría de ella un hombre como él. Se sentía muy segura de sí misma, pero sabía perfectamente que nunca la confundirían en plena calle con una modelo brasileña, gracias a Dios. Se tocó nerviosa un mechón de pelo al ver que Tim no hacía ni decía nada, pero cuando lo hizo, cuando reaccionó, Amanda sintió como si le quemase la piel de lo ardiente y desnuda que fue la mirada de él.

—¿Por qué me has devuelto la corbata? —le preguntó entonces, como si llevase horas guardándose esa pregunta, caminando despacio hacia la barra.

Separó el taburete que quedaba justo delante de Amanda y ella le vio sentarse con movimientos controlados y mesurados. Tim se quitó también la cazadora y la dejó en el taburete de al lado, indicándole con el gesto que, de momento, no pensaba irse a ninguna parte.

—Era tuya —empezó ella pero él la detuvo sacudiendo la cabeza y mirándola a los ojos.

—No, no me la has devuelto por eso. Me he pasado el día buscándote —le confesó con aires de reproche.

—¿Por qué? —preguntó ahora ella.

—Por el mismo motivo por el que tú me has devuelto la corbata. Tu nombre no figuraba en la lista de personal de la empresa de catering —siguió él antes de que ella pudiera decir nada—. Y Jason se ha negado a darme tu apellido o tu dirección, al final le he mandado al infierno.

—¡Tim!

—¿Y qué querías que hiciera?

—No lo sé, pero tienes que aprender a dominar ese mal carácter.

—Al final he ido allí, a las oficinas de Silver Fork, para ver si te veía, pero claro, no te he visto. Ya iba a irme a casa y pedirle ayuda al jefe de seguridad del senador, algo que habría odiado hacer, por cierto, cuando he visto salir a la chica que tiró la bandeja.

—¿Has visto a Rose? ¿Y qué le has dicho? No me digas que la has amenazado —enarcó las cejas y miró entre preocupada y halagada a Tim.

—No, no la he amenazado, y gracias por confiar tanto en mí.

Amanda vio que a pesar del sarcasmo la insinuación le había dolido a Tim y sin poder evitarlo alargó una mano y cogió la que él tenía en la barra. Entrelazó los dedos y los estrechó.

—Confío en ti, Tim. Era una broma —le aseguró mirándole a los ojos.

Él desvió la mirada del rostro de Amanda a sus manos, tragó saliva varias veces y después volvió a los ojos de ella.

—Le he dicho a Rose que quería encontrarte para disculparme contigo y darte las gracias. Deberías decirle que no le dé tu dirección a desconocidos —intentó bromear sin conseguirlo, pues la voz se le perdió por el camino.

Amanda le sonrió y volvió a apretarle los dedos, y Tim iba a decirle algo cuando la pareja de la tarta de chocolate les interrumpió.

—Ya nos vamos, Amanda —le dijo la mujer.

—¿Quieres que me quede y te ayude a cerrar el restaurante? —se ofreció el caballero, que era el propietario de una barbería que había dos calles más abajo, un local precioso con auténticos sillones de cuero reclinables y suelo de baldosas blancas y negras.

Amanda vio que el bueno del señor Thompson miraba a Tim con cara de pocos amigos.

—No hace falta, señor Thompson. Tim se irá enseguida —le contestó sin soltarle la mano a Tim—, y yo apagaré las luces y me iré arriba. Seguro que papá y mamá todavía están despiertos —añadió para tranquilizar más a su innecesariamente preocupado vecino.

—Está bien —accedió el señor Thompson—. Buenas noches, Amanda.

La señora Thompson le guiñó un ojo a Amanda escondida detrás de su fornido marido y ella no pudo evitar sonrojarse.

—Tus vecinos se preocupan por ti —señaló Tim.

—Sí, a veces creo que demasiado —sonrió Amanda.

—Podrías haberme soltado la mano y pedirme que me fuera.

—¿Quieres que lo haga ahora?

—No.

No dijeron nada durante unos segundos. Tim mantuvo los ojos fijos en Amanda, la confusión en los suyos tan evidente que al final salió a la superficie.

—No sé qué estoy haciendo aquí —le dijo soltando el aliento—. No tiene sentido. Yo no hago estas cosas.

—¿Por qué no? —le preguntó Amanda intrigada de verdad.

—Porque no sirven de nada. —Le soltó la mano y se levantó del taburete. Caminó hasta una de las mesas que ya estaban listas para el día siguiente y miró las servilletas impecablemente dobladas—. Este restaurante es de tus padres, ¿no?

—Sí, lo inauguraron poco después de casarse. —Enarcó una ceja y le siguió la corriente.

—Y supongo que tú trabajas aquí de camarera.

—Bueno, la verdad es que estudio Literatura francesa en la universidad, pero sí, trabajo aquí de camarera y siempre que puedo ayudo a Jason. —Si no hubiera sido porque el agobio y el desconcierto de Tim era más que evidente, se habría molestado por la insinuación.

—Genial —farfulló Tim—, esto va de mal en peor. —Paseó nervioso hasta la mesa que habían abandonado el señor y la señora Thompson, cogió el plato y los dos tenedores y se los llevó a la barra a Amanda—. ¿Lo ves?, ahora incluso te estoy ayudando.

Amanda le cogió las muñecas de ambas manos cuando fue a apartarlas y lo miró.

—¿De qué estás hablando, Tim?

—Esto no tiene sentido, Amanda. Es una completa locura. Yo normalmente no me siento atraído por chicas como tú. Yo normalmente ni me fijo en chicas como tú, ni me preocupo por si el corte que tienen en la mano ha cicatrizado bien, o por si tienen mala opinión de mí, o por si volveré a verlas algún día.

—Ah, entiendo, ¿y qué tal te va la vida «normalmente»?

—No me preguntes esas cosas, todavía no.

—¿Por qué? —le acarició la piel de las muñecas y vio que él cerraba los ojos un segundo.

—Porque quiero contártelo.

Amanda siguió acariciándole con los pulgares, masajeó suavemente la zona bajo la cual le latía el pulso y Tim se fue relajando. No podía controlar el impulso de tocarlo y tranquilizarlo, de hacerle sentir que con ella no tenía que estar alerta ni temer nada.

—No sé si servirá de algo, pero yo «normalmente» tampoco me siento atraída por chicos como tú.

—Sirve, pero no me digas por qué clases de chicos te sientes atraída.

—¿Por...?

—Porque ahora mismo tengo ganas de arrancarle la cabeza a cualquiera que te haya tocado. —Abrió los ojos y la miró con las pupilas dilatadas—. ¿Lo ves? Yo no digo esas cosas —apretó los dientes y tragó saliva.

—No me las digas —susurró ella.

Amanda estaba fascinada con Tim, lo había estado desde que lo vio triste, furioso y solitario en esa biblioteca, y que él también pareciese sentir esa fascinación le parecía maravilloso, increíble, un regalo. Pero ver que a él no le gustaba sentirse así la hacía sentirse culpable, y la incomodaba. Ella no quería que Tim hiciese nada que no quisiera hacer.

—No puedo evitarlo —le contestó él.

Amanda le sonrió y siguió acariciándole el pulso.

—¿Puedo preguntarte una cosa?

—Sí —contestó Tim—, creo que ahora mismo puedes preguntarme lo que quieras.

—Si normalmente no haces estas cosas, si tu comportamiento de ahora te resulta de verdad tan extraño, ¿por qué tengo la sensación de que eres tan sincero conmigo?

—No te entiendo...

—Sé que te conocí ayer pero los únicos momentos en

los que no te he creído han sido cuando te has comportado como un niño rico malcriado. Pero cuando te reíste, cuando me curaste la herida, ahora mismo, estas reacciones sí me parecen sinceras y auténticas.

—Soy un niño rico malcriado —se burló de sí mismo.
—No lo creo.
—No me conoces —insistió Tim.
—Pero quiero conocerte, y creo que tú también quieres conocerme a mí, si no, no habrías venido hasta aquí esta noche.

Tim apartó las manos, le resultaba imposible pensar con Amanda tocándolo, y se sentó de nuevo en el taburete. Ella le sonrió y fue a llevar el plato y los tenedores de antes a la cocina. Tim oyó el agua y unos minutos más tarde se apagó la luz de la cocina. La única luz que quedaba ahora era la de las dos lámparas de cristal verde que había encendidas encima de la barra. Amanda reapareció y lo miró.

—¿De verdad quieres conocerme? —le preguntó Tim con el corazón en la garganta.

Hacía tanto tiempo que nadie se interesaba por él que tenía miedo de haber desaparecido del todo o de haberse convertido definitivamente en una criatura fría y egoísta digna heredera del apellido Delany.

Amanda salió de detrás de la barra por una puertecita lateral y se colocó delante de él.

—De verdad.
—Qué Dios te ayude... —farfulló antes de agacharse y besarla como nunca antes había besado a nadie.

Amanda notó los labios de Tim sobre los suyos y le rodeó el cuello con los brazos, porque las piernas dejaron de soportar su peso. A ella la habían besado bien, la habían besado mal, la habían besado apasionadamente, y la habían besado con indiferencia, pero nunca nadie la había besado con tanto sentimiento, con miedo mezclado con amor, con pasión mezclada con torpeza, con ilusión y un fuego tan vivaz que durante un segundo incluso temió por ella. Una relación que empezaba con un beso como ese no iba a ser inofensiva.

Duraría para siempre o acabaría mal, muy mal, destrozándola por completo.

No le importó, por un beso como aquel estaba dispuesta a sufrir mil infiernos. Tim la rodeó por la cintura y la pegó a él mientras su boca seguía robándole el aliento. La lengua de Tim acarició la suya, la recorrió de un extremo a otro y la hizo estremecer. Flexionó los dedos por encima de la camisa que ella llevaba y la apretó, la sujetó para que no se apartara ni un milímetro.

Nadie la había deseado nunca tanto y ella no había necesitado jamás a nadie como le necesitaba a él. Apoyó las manos en su torso y notó que temblaba tanto como ella.

Tim apartó los labios y dejó de besarla, pero siguió abrazándola. No dijo nada durante unos segundos, pero podrían haber sido horas, y antes de hacerlo soltó el aliento por entre los dientes.

—Voy a conocerte, Amanda, y dejaré que me conozcas, te lo prometo.

CAPÍTULO 6

Tim ayudó a Amanda a cerrar el restaurante y se fue de allí tras un último beso. Los dos tenían miedo de creerse que se habían encontrado ahora, tan de repente, de una manera tan perfecta, y cuando se besaban no podían evitar tocarse, acariciar el rostro, las manos, la espalda del otro para asegurarse de que no era un sueño.

A la mañana siguiente, Tim fue a buscar a Amanda y fueron a pasear por un parque que había cerca del restaurante. Tim quería saberlo todo y cuando Amanda le contó que estudiaba Literatura francesa pero que su ilusión era ingresar en una prestigiosa escuela de cocina europea, la escuchó con atención. Amanda no solo quería asistir a esa escuela, también quería trabajar bajo las órdenes de un chef experto, abrir su propio restaurante y crear un pastel inolvidable.

Amanda tenía tantos sueños, tantas ganas de vivir y de luchar por ellos que era contagiosa. Tim la observó fascinado y sintió envidia. Él, en realidad, no quería nada. Hasta ahora.

Ahora quería conocer a Amanda, quería aprender a hacerla feliz... dejar que ella lo aprendiese todo sobre él. En cuanto aquel pensamiento le cruzó la mente sintió como si una parte muerta, quizá olvidada, de su ser volviese a la vida.

—¿Te pasa algo? —le preguntó ella preocupada.

Estaban sentados en un banco del parque, la vista era preciosa y Tim quería poder tenerla cerca, tocarle la mano, mirarla a los ojos.

La noche del sábado se la había pasado toda despierto preguntándose qué sentido tenía aquello. Ninguno, no lo tenía, pero tras llegar a esa conclusión sonrió, se tumbó de lado y optó por pensar en Amanda, en lo distinta que era al resto de personas que formaban parte de su vida, en la sinceridad con la que lo miraba.

«Quiero conocerte.»

Nunca nadie le había dicho nada igual y Tim comprendía ahora, asustado, lo mucho que necesitaba que alguien le conociera.

—No, nada —carraspeó—, que tengo ganas de besarte.

Amanda le sonrió y levantó el rostro ofreciéndole los labios. Tim la besó con el corazón golpeándole las costillas del impacto que le provocó que ella confiase tan ciegamente en él. Le acarició la mejilla con una mano, el pulgar rozó con reverencia las pecas de los pómulos y deslizó la lengua hacia el interior de la boca de ella.

No se apartó hasta que Amanda suspiró y él capturó el sonido en su boca. Si guardaba suficientes partes de Amanda dentro de sí, tal vez pudiera soportar su ausencia.

—Te echaré de menos esta semana —susurró Tim al separarse de ella, acariciándole la mejilla y el cuello con la nariz por el camino.

—Y yo a ti —reconoció también Amanda con un suspiro, reconfortando sin saberlo a Tim—. Esta semana tengo exámenes y le prometí a mi padre que le ayudaría por las noches. Cuéntame otra vez por qué estás a punto de terminar Derecho si no te gusta y te has matriculado justo ahora en Psicología infantil.

Tim le sonrió y volvió a contárselo.

Se había matriculado en Derecho en Harvard porque era lo que estudiaban los Delany. Y se había matriculado a escondidas en Psicología infantil porque era lo que quería estudiar Tim. De repente, y sin premeditarlo ni darse permiso para censurarse, le contó que su vida consistía en las cosas que hacían o tenían que hacer los Delany y las pocas cosas que hacía o quería hacer Tim.

No le contó demasiado, y probablemente cualquiera con dos dedos de frente podría deducirlo viendo su comportamiento, pero Tim nunca le había confesado a nadie el dolor y el cansancio que le provocaba dentro de él esa dicotomía. No le habló de Max, ni del miedo atroz que tenía a desaparecer para siempre, pero aunque Amanda no lo supiera, ese domingo, en ese parque, Tim le entregó la parte más auténtica de sí mismo.

—Todos hacemos cosas por nuestras familias. —Amanda le acarició el pelo de la nuca—. Yo lo sé mejor que nadie, pero tienes que vivir tu vida, Tim. Luchar por tus sueños.

Él no le dijo que hasta ahora no había tenido ninguno, ni que ella era el primero que tenía, sino que le sujetó el rostro con las manos y la besó.

Cuando no se olvida

Tras ese paseo por el parque, Tim dejó a Amanda en su casa y se fue a la mansión de sus padres para recoger las cosas y volver a la residencia universitaria de Harvard. Mientras recogía las pocas prendas de ropa que se había llevado, apareció Tabita.

—Veo que al final encontraste a Amanda —le dijo apoyada en el dintel.

—Sí, la he encontrado —contestó él sin poder evitar sonreír.

—Me alegro, procura no volver a perderla. —Se acercó a Tim y le abrazó—. Tus padres están en Washington, prométeme que te cuidarás y que vendrás a casa más a menudo. Esta vez has tardado más de seis meses en volver.

—Esta no es mi casa, Tabita. Ya no —afirmó guardando el último jersey en la bolsa antes de cerrar la cremallera—. Pero prometo que vendré a visitarte más a menudo.

Le dio un beso en la mejilla a Tabita, se despidió de la foto de Max llevándose dos dedos a la frente y se montó en su coche para alejarse de aquella mansión tan fría y vacía.

El lunes Tim tuvo un día largo y muy complicado, cuando llegó la noche y se sentó en la cama de su dormitorio para llamar a Amanda tal y como habían quedado vio que no le bastaría con eso y sin darse tiempo para pensarlo dos veces, cogió las llaves y fue a verla. En ningún momento de la mañana o de la tarde había buscado a sus amigos para preguntarles cómo les había ido el fin de semana en Nueva York. Ni siquiera pensó en ellos hasta que su coche se detuvo frente a un semáforo de camino al restaurante de

Amanda. El único al que quería contarle que creía haber conocido a la persona que iba a cambiarle la vida era a Mac, su mejor amigo desde los diez años, pero no estaba. A diferencia de él, Mac tenía una excelente relación con sus padres y con sus hermanos, y la familia entera estaba de viaje. Era curioso, pensó al arrancar de nuevo, lo solo que estaba y lo mucho que había tardado en darse cuenta. Ya no quería seguir estándolo.

Cuando el tráfico volvió a detenerse, buscó el móvil y tecleó un mensaje rápido a Amanda preguntándole si estaba en casa y si podía ir a verla, y cuando ella le contestó con un simple «Claro. Te he echado de menos», Tim tuvo que contenerse para no pisar el acelerador.

Giró por la última calle y el cartel del restaurante Perrault le guio hasta donde Amanda le estaba esperando. El local estaba cerrado porque ya era tarde y ella estaba de pie en el portal, envuelta en un abrigo de lana roja. Le sonrió al verle y Tim notó que se le encogía el corazón. Seguía siendo ridículo que reaccionase así, pero había dejado de cuestionárselo.

—Sube —le pidió bajando un poco la ventanilla.

Amanda caminó hasta la puerta del acompañante y Tim prácticamente la metió dentro en cuanto ella la abrió. La abrazó y la besó como si llevara siglos y no un día sin verla. La necesidad de tocarla, de tener su sabor en sus labios, su perfume corriéndole por las venas, empeoraba por momentos. Tim notaba todas las terminaciones nerviosas de su piel tirantes, frenéticas por salir de su cuerpo y entrar en contacto con el de ella. Y lo peor era que Amanda parecía necesitarlo tanto como él a ella. Si ella hubiese mantenido la distancia o hubiese reaccionado como una chica corriente, tal vez Tim habría podido contenerse. Pero no, Amanda suspiraba cuando sus labios se rozaban, se le aceleraba el corazón en cuanto lo veía, los ojos de ese azul verdoso se oscurecían. Ninguna mujer había reaccionado nunca tan profundamente al verlo y Tim quería, y necesitaba, verlo a diario.

—Tim...

Y el modo en que susurraba su nombre le volvía loco.

—Esto va de mal en peor, Amanda —le dijo él frustrado—. Apenas he podido soportar estar unas horas sin verte —se rio de sí mismo.

A Amanda le gustaban esas bromas sarcásticas que hacía sobre lo repentinos e intensos que eran sus sentimientos.

—Lo siento —se disculpó también en broma, besándolo de nuevo.

Tim se apartó tras ese beso y entrelazó las manos con las de ella. Los cristales del coche estaban empañados como si fueran unos adolescentes.

—Cuéntame cómo te ha ido el día —le pidió él.

—¿De verdad quieres saberlo?

Él tragó saliva al ver que ella tenía los labios húmedos y el pelo despeinado por donde él la había sujetado antes.

—Lo que de verdad quiero hacer es desnudarte y poseerte aquí mismo —confesó con un tic en la mandíbula—, pero como me importas y quiero hacerlo bien, voy a esperar. Y voy a escuchar cómo te ha ido el día.

—Yo también quiero desnudarte.

—Oh, Amanda, vas a matarme —suspiró él apoyando la cabeza en el asiento del coche—. Vamos, dime qué has hecho hoy.

Amanda también se sentó bien en el asiento del acompañante y con la mano izquierda entrelazada con la derecha de Tim, le contó qué había hecho durante el día. Después le tocó el turno a Tim y ella le escuchó con atención. Dos horas más tarde, y tras un beso de despedida que ninguno de los dos habría querido terminar nunca, Tim puso el coche en marcha y volvió a la residencia universitaria. Se pasó todo el camino paladeando el sabor de Amanda que le había quedado en los labios, intentado dominar la erección que aprisionaban sus vaqueros, y maldiciéndose por no haber optado por alquilar un apartamento. En su momento la opción de la residencia le pareció más divertida, sin embargo ahora ya no estaba tan seguro.

Pasaron igual el resto de la semana, Tim iba a verla cada noche y entre besos se contaban qué habían hecho durante el día. El primer día Tim confesó que se lo había preguntado para distraerse pero el segundo se dio cuenta de que le gustaba saber qué había hecho ella y que le encantaba oír los consejos u opiniones que pudiera darle sobre sus asignaturas, sus amigos. Poco a poco, de una manera natural y necesaria, las vidas de Amanda y Tim fueron tejiéndose juntas.

El viernes, Tim llegó un poco más tarde de lo habitual y mucho más nervioso. Después de besar a Amanda lo estaba todavía más y no podía dejar de acariciarle el rostro o de darle besos en el cuello, en el hombro, detrás de la oreja. Tenía la sensación de que se había pasado la semana entera perdiéndose en ella y ahora ya no sabía cómo escapar. Ni quería.

—Tengo que pedirte algo —dijo él con el rostro escondido en el cuello de ella, inhalando su perfume.

Amanda solo asintió e intentó farfullar algo.

Cuando no se olvida

—Dime...

—Este sábado tengo partido —le besó el cuello y le pasó la lengua despacio por la piel—. No es en Boston, es... —él mismo se distrajo besándola—, ahora mismo no me acuerdo. Pero no es en Boston.

Amanda se rio y le acarició la nuca.

—No tiene gracia —la riñó Tim mordiéndola suavemente en el hombro—. Es culpa tuya que no me acuerde de estas cosas.

—Oh, lo siento.

—No, no lo sientes —le dijo él besando la zona que había mordido—. Y yo tampoco. —Se apartó y cogió aire antes de continuar—. Quería preguntarte si quieres acompañarme.

—¿Al partido?

—Sí —la miró, esa era la parte más importante—, y a pasar el resto del fin de semana conmigo.

Amanda aguantó la mirada de Tim y a ambos se les aceleró el pulso.

—Tim, yo...

Él la interrumpió besándola suavemente en los labios.

—Sé que apenas hace una semana que nos conocemos y soy el primero al que le cuesta creer que esto me esté pasando. —Le sujetó las manos—. Pero me está pasando y hacía mucho tiempo que no me sentía así: vivo. Quiero estar más tiempo contigo, Amanda. Quiero poder hablar contigo de día. —Le soltó una mano para acariciarle el rostro—. ¿Sabes que solo te he visto de día una vez? Quiero pasear y entrar en una cafetería contigo. Quiero saber que estás en las gradas del campo mirándome, acercarme a ti cuando termine el partido y que me des un beso. Y sí —suspiró—, quiero besarte y abrazarte, y dejarme llevar por este deseo que terminará volviéndome loco. Di que vas a venir conmigo, por favor.

—Iré contigo —contestó ella acariciándole también el rostro.

—Gracias —suspiró Tim aliviado antes de besarla—. En cuanto recuerde dónde se juega el partido buscaré un lugar bonito donde alojarnos —le dijo al apartarse en medio de más besos—. Vendré a buscarte mañana por la mañana. A las ocho. ¿De acuerdo?

Amanda se apartó y le sonrió sonrojada.

—De hecho... ¿crees que podrías llegar un poco antes?

—Sí, por supuesto, ¿por qué?

Amanda soltó el aliento.

—Mis padres y mi abuela quieren verte —confesó y vio que Tim levantaba ambas cejas—. No te preocupes, saben que soy mayor y confían en mí. No tengo que pedirles permiso para irme de fin de semana, pero se quedarán más tranquilos si te conocen antes. Y la verdad es que llevan días preguntándome por ti.

—¿Te han preguntado por mí?

—Tim, viniste el sábado por la noche al restaurante cuando todavía quedaba una mesa, el domingo paseamos por el parque cerca de mi casa, y nos hemos pasado las últimas cinco noches besándonos en tu coche delante del balcón de la habitación de mis padres. Por supuesto que han preguntado por ti.

—Seguro que tu padre quiere matarme —farfulló Tim, que nunca había conocido a los padres de ninguna chica.

—No, pero si me haces daño tal vez intente envenenarte —bromeó ella dándole un beso en la mejilla—. ¿De verdad no te importa conocerlos?

Cuando no se olvida

—Por supuesto que no —le aseguró de inmediato—. Vendré a las siete, así podremos quedarnos un rato.

—Gracias. Eres muy cariñoso.

—Eres tú. —Le rodeó la cintura con las manos y la atrajo hacia él para besarla—. Y ahora será mejor que bajes del coche, Amanda.

Amanda lo miró a los ojos. Después de los besos y las caricias de esa semana sabía cuando Tim estaba al límite del deseo y necesitaba distanciarse para no cruzarlo.

—Está bien —aceptó lamiéndose el labio—. Buenas noches, Tim.

Entró en casa y fue a preparar el equipaje.

Tim apareció puntual a las siete de la mañana. La abuela Celine fue a abrirle y le recorrió con la mirada. No aflojó hasta que vio a Tim tocarse nervioso el reloj y entonces le sonrió y le dijo:

—Vamos, pasa, hay café recién hecho.

Tim le devolvió la sonrisa y dio gracias a Dios por haber pasado el escrutinio de Celine. El único gesto que tal vez le había delatado fue que buscó la esfera rota del reloj, pero estaba convencido de que la abuela de Amanda no se había dado cuenta.

La madre de Amanda, Sophie, le dio dos besos y le preguntó si le apetecía comer algo. Tim aceptó gustoso y se sentó en la silla que ella le señaló. Amanda no estaba por ninguna parte y no sabía si debía preguntar por ella o sencillamente esperar.

—Amanda bajará enseguida —le explicó Sophie adivinando su preocupación—, está sermoneando a su padre.

Dime, Tim, ¿por qué te has matriculado tan tarde en Psicología infantil?

A Tim le sorprendió que de toda la información que seguramente Amanda les había contado a sus padres sobre él fuese aquel detalle el que hubiera captado la atención de Sophie. Sin duda era uno de los más importantes para él, pero la gente tendía a preguntarle cómo era ser hijo del magnífico senador Delany, o si era verdad que los Patriots estaban realmente interesados en ficharle, o si seguiría los pasos de su padre y entraría en el mundo de la abogacía y de la política.

—Mis padres insistieron en que me matriculase primero en Derecho —le explicó obviando el discurso que se había aprendido de memoria sobre la tradición jurídica de su familia—, pero yo quería hacer Psicología infantil, y al final me he decidido.

—Bien hecho.

Amanda apareció entonces por la escalera y se le iluminó el rostro en cuanto lo vio allí sentado con su madre y su abuela. Se acercó a él y le besó en los labios. A Tim le emocionó tanto que lo besase frente a su familia que le costó hablar cuando Amanda se apartó.

—Buenos días —le dijo con la voz ronca.

—Buenos días —contestó ella—, ya lo tengo todo listo. ¿Adónde nos vamos, por cierto?

—A Worcester.

Tim buscó la cartera y del interior sacó dos hojas de papel que depositó encima de la mesa de la cocina. En aquel instante apareció Paul y las cogió sin previo aviso.

—¿Qué es esto? —le preguntó a Tim fulminándolo con la mirada.

Cuando no se olvida

—¡Papá!
—Todos mis datos, señor Perrault —Tim le aguantó la mirada—, y también información sobre el partido, la ruta que seguiré y el hotel donde vamos a alojarnos.
Paul escudriñó la información.
—¡Paul, deja de torturar al chico! —le riñó Celine, su madre.
—Cariño, haz el favor de darle la mano a Tim y decirle que estás encantado de conocerle —le sugirió su esposa acariciándole el brazo con el que sujetaba los papeles—, ¿o quieres que te recuerde lo que te dijo mi padre el primer día que fuiste a buscarme a casa?
Paul le tendió de inmediato una mano a Tim.
—Paul Perrault, estoy encantado de conocerte —repitió sin ocultar el sarcasmo.
—Lo mismo digo, señor —Tim le estrechó la mano y le guiñó un ojo a Amanda, que lo miraba desde detrás de su padre.
Paul le soltó y dobló los papeles para guardárselos en el bolsillo trasero del pantalón. Amanda le rodeó la cintura por un costado y le dio un beso en la mejilla.
—Gracias, papá.
Tim observó fascinado como el rostro adusto de Paul Perrault se transformaba ante sus ojos y se iluminaba por el cariño que sentía hacia su hija. Nunca había visto nada igual.
«Yo algún día miraré así a alguien», se prometió. Y en su mente apareció la imagen de una niña pequeña idéntica a Amanda pero con los ojos distintos, o de un niño idéntico a él con rastros de Max. Sintió un escalofrío recorriéndole la espalda y echó los hombros hacia atrás para alejarlo de él.

—Toma, llevaos esto —la madre de Amanda le entregó una bolsa de cartón a Tim—. Son cruasanes recién hechos.

Tim la aceptó y empezó a despedirse de todos. Amanda hizo lo mismo y al salir le cogió la mano a Tim, él sujetó en la otra la maleta que ella había bajado antes y la bolsa de cartón que olía de maravilla. Dejó la maleta en el asiento posterior del coche, un todoterreno de ciudad de color azul marino, y la ayudó a sentarse. Aunque esto último solo lo hizo para estar cerca de ella y darle un beso.

CAPÍTULO 7

Anularon el partido.
Las cañerías del estadio universitario donde iban a jugar se rompieron e inundaron el terreno de juego. La gran mayoría de jugadores había viajado hasta allí en el autobús del equipo, así que en cuanto les informaron de la situación volvieron a Boston.
Tim recibió la llamada del entrenador cuando todavía no habían llegado al complejo de cabañas donde había alquilado una para el fin de semana y en cuanto colgó fue en busca de Amanda; se habían detenido en una gasolinera y mientras él llenaba el depósito ella había ido a por unos caramelos.
—¿Ha sucedido algo? —le preguntó ella al verlo.
—Han anulado el partido —le dijo más enfadado de lo que pretendía. En verdad le hacía mucha ilusión que ella lo viera jugar. Tim se sentía muy orgulloso de lo que había conseguido como jugador de fútbol americano por-

que en el campo de nada servía ser «el hijo del senador Delany»—. Si quieres, podemos regresar a Boston —se obligó a añadir.

Amanda le miró y se acercó a él muy despacio.

—No quiero regresar —susurró.

Tim reaccionó al instante y se agachó para besarla. Cuando se apartó sonrió y le dijo:

—Te gustan los mismos caramelos de menta que a mí.

Amanda se sonrojó por completo al ver que él tenía ahora el caramelo en los labios, pero Tim le dio un beso en la punta de la nariz y la cogió de la mano para volver al coche.

Durante el resto del trayecto Tim le contó que efectivamente había empezado a recibir ofertas, o tentativas, de distintos clubs de fútbol americano para jugar en ellos de manera profesional.

—¿Tú qué quieres hacer? —le preguntó Amanda.

—Mi padre jamás me dejará jugar al fútbol.

—Tienes veintitrés años, Tim. Es tu vida, tu opinión debería ser la más importante.

Él apretó el volante hasta que los nudillos se le quedaron blancos.

—Para ti es fácil decirlo, tu familia te apoya en todo lo que haces.

—Así es como debe ser, pero no te equivoques, si decidiera cometer una locura, también me lo harían saber y me intentarían hacer cambiar de opinión. Pero una cosa es dar consejo, querer lo mejor para la otra persona, y otra muy distinta es dirigir su vida.

—Mis padres no dirigen mi vida —afirmó entre dientes.

Amanda se calló y desvió la mirada hacia el paisaje que desfilaba por la ventanilla. Pasados unos minutos decidió retomar la palabra porque esa conversación era importante.

—No me has contestado, ¿tú qué quieres hacer? ¿Quieres jugar al fútbol, ser abogado y después senador, o quieres ser psicólogo infantil?

Él mantuvo la vista fija en la carretera y no dijo nada. Amanda le vio temblar un músculo en la mandíbula y eso la animó a seguir adelante. Levantó una mano para acariciarle el pelo y la mejilla, y volvió a intentarlo.

—Tim, cariño —le susurró llamándolo de ese modo por primera vez—, a mí puedes decírmelo. Yo estoy de tu parte.

Tim soltó el aliento por entre los dientes y ella siguió acariciándole el pelo en silencio.

—¿Te he hablado alguna vez de Max?

—¿Max? —Amanda no se apartó y continuó tocándole y esperando.

—Mi hermano Max —dijo Tim sin mirarla—. Era dos años menor que yo, ahora tendría tu edad. Se suicidó cuando tenía quince años.

—Oh, Tim, cariño, lo siento mucho. No lo sabía.

Tal vez lo había leído alguna vez en algún periódico, pero de ser así lo había olvidado.

—Max no era como yo, él era mucho más sensible. —Amanda estaba convencida de que Tim lo era muchísimo, pero no le interrumpió—. Max era dulce, cariñoso, tímido y muy listo. —Sonrió levemente—. No te puedes imaginar lo listo que era. Pero a veces se encerraba en sí mismo y no había manera de acceder a él. Mis padres ni se daban cuenta y si yo insistía en que le hicieran caso me decían que Max sencillamente tenía una pataleta para llamar la atención. Yo intenté informarme, me compré libros sobre Psicología y llamé a un médico. —Hizo una pausa y los nudillos quedaron blancos encima del volante—. Mi padre se enteró y me dijo que un Delany no podía ir a un psicólogo o a un psiquiatra. Yo insistí y él entró en su juego de amenazas de siempre, y supongo que yo me fui de fiesta de fin de semana y que me pasé todo el fin de semana borracho. Cuando volví pensé que Max estaba mejor, volvimos a nuestra rutina de siempre. Éramos él y yo contra el mundo, ¿sabes? Creía que lo había superado, que todo iba a salir bien. —Soltó el aliento y carraspeó—. Era verano, yo empecé a preparar las cosas para mudarme al campus de la universidad. Max estaba muy contento, me ayudaba con las cajas y hacía planes sobre todo lo que haríamos cuando viniera de visita. Una noche salí con Kev y su hermano Harrison, te he hablado de ellos, ¿no?

—Sí —contestó Amanda.

—Max no quiso venir, dijo que estaba cansado. Recuerdo que bromeé y le dije que se estaba haciendo viejo. Cuando volví estaba muerto.

—Oh, Dios mío, lo siento mucho, Tim.

—Mis padres, los mismos que no le habían hecho caso ni un segundo mientras estaba vivo, le convirtieron en una especie de héroe del romanticismo y crearon una fundación y un premio con su nombre. Y la noche que nos conocimos vi una foto de Max justo en la entrada, al lado del lugar donde mi padre se detuvo a dar el discurso. Me la llevé de allí en cuanto la vi. A mí puede utilizarme, pero jamás le consentiré que utilice a Max ni su recuerdo.

—Tu hermano tuvo suerte de tenerte.

—No —se rio con amargura—, la suerte la tuve yo. Créeme. Sin Max, me habría convertido en una réplica de mis padres. Lo tengo en mí, lo sé, yo puedo ser egoísta y ambicioso como ellos. E igual de frío y distante.

—Tú jamás podrías ser frío, Tim.

—No estés tan segura. Lo que me sucede contigo —siguió, pero se detuvo para soltar el aire que tenía en los pulmones—, lo que me sucede contigo no puedo explicarlo.

—No tienes que explicarlo, Tim, a veces hay cosas que solo tienes que sentirlas. Solo tenemos una vida, Tim, así que dime, ¿qué quieres?

—Ser psicólogo infantil, quiero ayudar a los niños que les pase algo parecido a lo de Max. Y creo que puedo hacerlo. —Suspiró—. Sé que puedo hacerlo. Pero jugar al fútbol es muy liberador, en el terreno de juego no tengo nada, no soy el hijo de nadie, ni puedo conseguir nada excepto pasar el balón y marcar un punto. Y supongo que el Derecho también tiene sus ventajas, y no me refiero tener a mi padre contento, sino a que si lo hago bien puedo llegar a modificar leyes y defender a los adolescentes con problemas de otra manera. —Se giró y miró a Amanda un instante—. Seguro que no te imaginabas esto cuando me viste esa noche en la biblioteca, ¿eh?

—Esa noche pensé que eras el hombre más interesante que había visto nunca y que quería conocerte.

—Ya —bufó—, y ahora te arrepientes.

—No —aseguró—. Jamás me arrepentiré, Tim. Y no

eres el hombre más interesante que he visto —esperó a que la mirase de reojo—, eres el hombre más increíble que conozco.

Tim asintió y condujo el resto del trayecto en silencio.

El Mountain Lodge donde Tim había reservado una cabaña para el fin de semana era una construcción de troncos que parecía sacada directamente de un cuento de hadas, y la señora que los recibió, también. La mujer les acompañó hasta la puerta de su pequeña cabaña individual y les dejó la llave. Tim metió el equipaje y sin decirle nada a Amanda se arrodilló frente a la chimenea para encenderla.

Él nunca le había contado a nadie lo de Max y ahora no sabía qué hacer con ello. Jamás se había sentido tan expuesto ante otra persona y jamás había necesitado tanto que alguien lo tocase. Al mismo tiempo sabía que si Amanda se acercaba a él ahora, ya no podría apartarse de ella.

La oyó caminar detrás de él y la detuvo.

—Si me tocas, Amanda —le advirtió—, no te soltaré. Te besaré y perderé el control. No podré ir despacio ni tomarme mi tiempo. Te arrancaré la ropa y te haré el amor aquí mismo, en esta alfombra, frente a la chimenea. No es lo que quería para nuestra primera vez —lanzó una cerilla al fuego y esperó—, pero es lo que necesito. Y lo necesito ahora. Si no es lo que quieres, dímelo. Te prometo que me levantaré y me iré a dar un paseo. No volveré hasta haber recuperado la calma.

Amanda no dijo nada pero podía oírla respirar. Probablemente la había asustado. Entonces notó que le tocaba la espalda y le mordía el lóbulo de la oreja.

Tim se estremeció y dejó caer en la chimenea las ramas que tenía en las manos.

—No quiero que te vayas —le susurró ella al oído—. Necesito lo mismo que tú. —Le lamió el cuello y él cerró los dedos—. Quiero arrancarte la ropa y hacerte el amor aquí mismo, en esta alfombra, frente a la chimenea. —Deslizó la mano por la espalda de Tim y al llegar al final de la camiseta tiró de ella y empezó a desnudarlo.

Tim se giró al instante y la devoró. Literalmente. Le quitó el jersey, le rompió los botones de la camisa sin disculparse por ello y le desabrochó frenético el cinturón del pantalón. La tumbó en la alfombra y le recorrió a besos el cuello para deslizarse después por entre los pechos y el ombligo. Allí se detuvo y se sentó sobre sus rodillas para quitarse también las prendas de ropa que le cubrían el torso. Tim estaba seguro de que podría terminar si dejaba que Amanda siguiera mirándolo. Podía sentir los ojos de ella en su piel, recorriéndole los músculos, siguiendo una gota de sudor que le resbaló por el esternón. Dejó de mirarla a los ojos y le quitó las botas para poder quitarle los vaqueros. Cuando la vio con la ropa interior y la camisa abierta cayéndole por los costados de su cuerpo, Tim se preguntó qué había hecho bien en la vida para merecerse a Amanda.

—Ven aquí —le pidió ella entonces.

Tim casi se cayó al suelo de lo rápido que reaccionó. Se levantó para quitarse también los pantalones y, desnudo, se tumbó encima de ella con cuidado. La besó despacio, seduciéndola con la lengua, temblando al notar que estaban piel con piel, y cuando ella le acarició el rostro se apartó para mirarla.

—¿Estás segura? —le preguntó con una emoción que de tan sincera daba más sentido a la pasión y al deseo que había impregnado la confesión de antes.

—Estoy segura —contestó ella levantando la cabeza para besarlo.

Y entonces Tim entró en ella. Se detuvo al notar que todo su cuerpo por fin estaba donde tenía que estar. Buscó los labios de Amanda y volvió a besarla, sintiendo todas y cada una de las reacciones de ella en su ser. Le ardía la piel, notaba el sudor cubriéndole la espalda, le temblaban los brazos del esfuerzo que estaba haciendo para sujetar su peso y los muslos por no moverse. Sabía que perdería el control en cuanto entrase dentro de ella, pero jamás se había imaginado algo así. El calor se extendía por sus venas y una voz en su interior no dejaba de susurrarle al oído que tenía que hacerla suya, que tenía que encontrar la manera de que Amanda no desapareciese jamás de su vida.

—Tim... —gimió Amanda acariciándole el rostro con una mano.

Él giró el rostro y le besó la palma.

—Dime... —le pidió apretando los dientes—, dime que nunca has sentido esto con nadie. Dímelo.

Ella arqueó la espalda y tembló debajo de él.

—Nunca —susurró—, con nadie.

Tim bajó la cabeza y la besó, y en cuanto Amanda le devolvió el beso y le rodeó la espalda con las manos, empezó a moverse. Empujó las caderas hasta entrar completamente en ella y una vez allí dejó que los músculos de Amanda lo apretasen y le hicieran enloquecer. Se torturó con la espera, se mantuvo inmóvil hasta que notó que empezaba a temblar y entonces se retiró despacio y volvió a entrar. No podía dejar de besarla, notar la piel de ella debajo de la suya era lo más erótico que le había pasado nunca.

—Dios, Amanda —gimió, apartándose un segundo—. ¿Qué me está pasando? —le preguntó asustado.

El deseo que sentía le nublaba la mente, la pasión le hacía arder la piel, no podía pensar, lo único que sabía era que tenía que estar dentro de ella, besarla, marcarla como suya, poseerla, y que ella lo poseyera a él. Era maravilloso sentir todo eso, el placer sexual nunca había sido tan intenso, tan animal y tan brutal, pero su corazón iba a estallar en cualquier momento.

Una parte de él quería irse de allí en ese mismo momento, distanciarse y protegerse. El abandono de sus padres, la muerte de Max... de todo eso se había recuperado. De Amanda no se recuperaría. Pero otra parte, la mayor, mataría a cualquiera que lo alejase de ella, quería quedarse allí para siempre, dentro de ella, besándola, entregándose a ella.

—Tim, por favor —le pidió Amanda—, bésame.

Tim la besó con todo lo que tenía dentro y dejó de protegerse, de guardarse una parte de él en su interior, y se rindió. Dejó que el placer le llevase a aquel lugar donde todavía no se atrevía a llegar de otro modo y se perdió en Amanda. Ella sabría cuidar de él.

El orgasmo empezó en la espalda de Tim y terminó en la cintura de Amanda, unió sus cuerpos de un modo que no podría separarlos nadie y los dos se estremecieron y se abrazaron. Cuando los temblores empezaron a retroceder, Tim siguió besándola, ahora con suavidad, y acariciándole el rostro. Ella también le acariciaba y le apartaba el pelo que el sudor le había pegado a la frente.

Esas caricias, tal vez por su inocencia, o tal vez porque por fin Tim había descubierto que su sueño era amar y ser amado por Amanda, volvieron a excitarlo. Su cuerpo se negó a separarse del de ella y se aferró a su interior.

—Necesito más —dijo con voz ronca, pegado a sus labios.

Amanda gimió y levantó suavemente las caderas para indicarle que podía moverse.

Esa segunda vez fue más lenta y todavía más intensa. Tim no dejó de mirarla a los ojos ni un segundo, ni siquiera un instante. Fue incapaz de ocultarle lo que estaba sintiendo y mientras le hacía el amor despacio con la mitad inferior de su cuerpo también se lo hacía con la mirada.

—Mandy... —susurró acariciándole el pómulo con el pulgar—, yo... —Apretó los dientes buscando la manera de retrasar el orgasmo.

—Estoy aquí, Tim. —Ella le apartó el pelo igual que antes y con la otra mano le acarició el bíceps que temblaba—. Estoy aquí.

Tim cerró por primera vez los ojos y la besó. Gimió al entrar en su boca y su cuerpo se estremeció al notar de nuevo el sabor de Amanda en los labios. Siguió besándola, dibujando con la lengua los mismos movimientos que imprimía con otra parte de su cuerpo. Quería formar parte de Amanda, pensó, tal vez entonces podría soportar la idea de apartarse.

Ella empezó a apretarse, a rodear la erección con un calor muy intenso, y en cuanto el clímax la capturó, Tim la siguió y volvió a rendirse en sus brazos.

Después, y tras varios besos y caricias, él salió con cuidado del interior de Amanda y, cogiéndola en brazos, la llevó a la cama.

—Quiero quedarme aquí contigo —le dijo abrazándola desde la espalda—. Quiero quedarme aquí contigo, cerrar los ojos y encontrarte a mi lado cuando vuelva a abrirlos, ¿de acuerdo?

—De acuerdo.

Cuando tres horas más tarde Tim abrió los ojos, Amanda estaba a su lado. Ella seguía dormida entre sus brazos, ahora completamente desnuda porque él, antes de también dormirse, le había quitado la camisa y el sujetador. La abrazaba por la espalda y la soltó con cuidado de no despertarla. Apoyó un codo en la cama para después descansar el mentón en la palma de esa mano y con la otra acarició despacio a Amanda.

La única luz que entraba en la cabaña provenía del fuego que él había encendido antes y le confería un ambiente mágico, como si esa cabaña y aquel instante fueran de otro mundo.

—Mandy —susurró pasando el dedo índice por el brazo de ella.

No sabía de dónde le había salido ese nombre, pero mientras le hacía el amor surgió de sus labios con toda naturalidad. Mandy era suya y de nadie más, a Amanda tal vez aprendería a compartirla con el resto del mundo.

Siguió tocándola despacio, recorriendo el brazo, el cuello, la curva de los pechos, el estómago, y poco a poco fue

Cuando no se olvida

bajando hacia las piernas. Se quedó sin aliento al notar los muslos definidos, ella le había contado que solía salir a correr, y pensó que le gustaría ir con ella... en cuanto hubiese encontrado el modo de estar a su lado sin excitarse. Le tocó la rodilla y después inició el camino de regreso hacia arriba, igual de lento y suave que había sido el descenso. Detuvo la mano en el sexo de ella y lo acarició con suavidad, también despacio, pero no solo por ella sino porque a él le había empezado a temblar la mano. Hundió el rostro en su cuello y la besó. Aunque ella no podía verlo, se había sonrojado. Él nunca había sido tan táctil y tan insaciable con ninguna mujer.

Le apartó el cabello para tener acceso a más piel y volvió a besarle el cuello a medida que iba acariciándola entre las piernas.

—Tim —gimió Amanda arqueando la espalda hacia él.

—¿Puedo hacerte el amor así? —le preguntó él junto al oído mientras con una mano guiaba su erección hacia el sexo de ella sin cambiar de postura.

Estaban completamente abrazados, el torso de Tim estaba pegado a la espalda de Amanda, las nalgas de ella le atormentaban la erección. Los fuertes muslos de Tim protegían los de Amanda y el resto de las piernas seguía hasta casi llegar al final de la cama.

—¿Puedo? —repitió él besándole el cuello.

Amanda asintió y buscó la mano de Tim para entrelazar los dedos con los de él en su estómago.

Tim la penetró y se movió despacio, sujetándole la cintura con la mano libre para que ninguno de los dos se moviera de donde estaban. Siguió besándole y mordiéndole el cuello y el hombro al que sus labios tenían acceso y no dejó de susurrarle al oído.

—Mandy... cómo te necesito.

Ella le apretó los dedos y también gimió.

—Yo a ti también, Tim.

—Dímelo —le pidió. Seguía sorprendiéndole.

—Te necesito —confesó ella gimiendo de nuevo al mismo tiempo que movía su cuerpo hacia atrás para que él la penetrase con más fuerza.

—Dios —farfulló apretando los dedos en la cintura de ella—, yo más. Yo más —lo dijo en voz baja y segundos antes de provocarles a ambos otro orgasmo que pareció más brutal que el anterior.

Amanda volvió a quedarse dormida en sus brazos y Tim dejó la mirada fija en el fuego. No había mentido, él la necesitaba más.

CAPÍTULO 8

Se pasaron el fin de semana entero en la cabaña haciendo el amor y, ante los ojos de Amanda, Tim fue perdiendo capa tras capa de cinismo y amargura y volvió a ser el chico dulce que siempre había sido. Ella, por supuesto, no se lo dijo, de momento iba a dejar que él siguiera creyendo que era «un niño malcriado», pero ella sabía la verdad.

Tim Delany era maravilloso. Era dulce, cariñoso, inteligente, y el hombre más sexy que existía. Y era suyo, solo suyo. Amanda no había estado con muchos hombres, con dos en realidad —Tim era el segundo—, pero no le hacía falta estar con ninguno más para saber que lo que sucedía entre ellos dos cuando Tim le hacía el amor estaba muy lejos de ser normal. La tocaba como si nunca hubiese tocado a una mujer tan hermosa como ella, la besaba como si sus besos le bastasen para vivir y cuando entraba en su interior... Era como si fuera ella la que estuviese entrando dentro de él.

Cuando no se olvida

Amanda sabía exactamente en qué momento el Tim sarcástico, duro, frío y distante había empezado a desaparecer; en el coche, cuando le contó que su hermano Max se había suicidado. A partir de ese momento fue como presenciar el derrumbamiento de una presa. Se sentía honrada de que la hubiese elegido a ella y se juró a sí misma que moriría antes de hacerle daño.

Tim se merecía toda la felicidad del mundo, y ella iba a dársela.

Ahora mismo Tim estaba dormido en la cama, habían vuelto a hacer el amor y por fin él se había quedado exhausto. Amanda sabía que en las anteriores ocasiones, cuando ella se había quedado dormida, él había seguido despierto. Le acarició la frente y le apartó un mechón de pelo rubio. No sabía cuántas horas llevaban allí encerrados pero las mejillas de Tim ya estaban cubiertas de una incipiente barba. La acarició con suavidad.

Quería hablarle de sentimientos, quería decirle que estaba enamorada de él, que probablemente les había sucedido demasiado rápido pero que no iba a cuestionárselo. Amanda sabía lo que era el amor, llevaba toda la vida practicándolo. Sus padres se querían con locura y adoraban a sus hijos. Sus hermanos y ella se gastaban bromas y de pequeños se habían tirado de los pelos, pero ahora se querían y se apoyaban en todo. Y la abuela Celine les cuidaba y les mimaba a diario. Su padre le había dicho de pequeña que la abuela no se moría porque no se fiaba de que ellos pudiesen cuidarse solos, y Amanda empezaba a sospechar que tal vez tuviera razón.

Pero Tim, suspiró mirándolo, Tim no tenía ni idea de amar, probablemente desconfiaría del sentimiento si este apareciera de repente y sin avisar, como les había sucedido a ellos dos.

Tal vez se estaba engañando pero Amanda quería creer que, aunque él todavía no era consciente de ello, la amaba. Podía sentirlo en cómo la tocaba, en cómo la miraba y en cómo le hacía el amor. No importaba, pensó, le esperaría. Ella le amaría y le enseñaría a amar y él se lo diría cuando estuviera listo. Podía esperar.

—Te enseñaré a amar, ya lo verás —le prometió en voz baja acariciándole el torso—. Y cuando sepas ya no podrás olvidarlo.

Se agachó y cerró la promesa con un beso que depositó encima del corazón de Tim.

Él seguía dormido, su respiración no se alteró lo más mínimo, y Amanda pensó que desde que habían empezado a hacer el amor (se sonrojó al recordar lo que habían hecho frente a la chimenea) era la primera vez que podía tocarlo a sus anchas. En todas las ocasiones anteriores siempre que ella intentaba tocarlo, él le cogía la mano y le decía que si lo tocaba perdería el control.

Amanda sonrió para sí y pensó que eso era exactamente lo que quería ver: a Tim perdiendo el control.

A sus veintiún años Amanda no podía presumir de tener mucha experiencia, pero lo que sí tenía era mucha imaginación, y ahora, por primera vez, iba a emplearla para hacer enloquecer de deseo al hombre del que se había enamorado como una idiota.

Miró el impresionante torso de Tim y cuando recuperó las neuronas recordó la bolsa de papel que su madre le había dado a Tim antes de irse del restaurante. Si conocía a su madre como la conocía, seguro que aparte de unos cruasanes había un pequeño tarro de mermelada de melocotón.

Salió de la cama con cuidado de no despertar a Tim y buscó la bolsa. La encontró junto a las maletas que todavía estaban en el suelo por deshacer (la ropa tampoco les había hecho falta) y la abrió. Al ver el pequeño tarro de cristal le dio las gracias mentalmente a su madre, aunque se ruborizó al pensar cómo iba a utilizar la mermelada. Puso el tarro de cristal en una bandeja y la acercó al fuego de la chimenea. Esa mermelada la había preparado ella meses atrás cuando llegaron al restaurante varias cajas de unos preciosos melocotones color miel. El que la hubiese hecho ella y no su madre o su abuela sin duda ayudaba a que lo que iba a hacer no le pareciese tan atrevido, a pesar de que nunca había hecho nada parecido en la vida. Ni siquiera se le había pasado por la cabeza.

Tocó el tarro y vio que la mermelada ya se había fundido y era casi líquida. Lo abrió con cuidado de no quemarse y, sujetándolo con una servilleta de lino que también había sobre esa bandeja, se lo llevó a la cama.

Tim seguía dormido, así parecía casi feliz pero se le marcaban más arrugas alrededor de los ojos y de los labios de las que debería tener un hombre de su edad. La muerte de su hermano y esos despojos que tenía por padres le habían robado demasiadas alegrías.

Decidida a compensarle y a demostrarse a sí misma que ella también podía hacerle perder la cabeza y enloquecerlo de deseo, se sentó a horcajadas encima de él.

Tim empezó a despertarse pero ella no le dejó reaccionar y derramó despacio unas gotas de mermelada en el torso.

Él gimió y arqueó la espalda de inmediato.

Amanda sonrió muy satisfecha consigo misma y se inclinó hacia delante para lamer las gotas y la piel de Tim.

—Dios, Amanda, voy a correrme.

Ella chasqueó la lengua para indicarle que no y se apartó lo justo para derramar un poco más de mermelada en el esternón.

Tim la sujetó por las caderas y apretó los dedos con fuerza.

Amanda lamió también esas gotas y sonrió al oír el gemido de placer que salía de la garganta de Tim y resonaba por todo su cuerpo. Volvió a apartarse y derramó más mermelada, ahora dibujando un círculo alrededor del ombligo de Tim.

—Antes de que me lo preguntes —susurró pegada a la piel de él, justo antes de darle un mordisco en un abdominal—, esto nunca —otro mordisco— se lo he hecho a nadie.

Le lamió la mermelada y Tim prácticamente rugió.

Amanda lamió el círculo muy despacio, pegando su cuerpo desnudo al de Tim, dejando que sus pechos rozasen su erección, que su aliento le quemase la piel y le erizase el vello. Cuando volvió a apartarse para acabar de derramarle encima la mermelada que le quedaba, Tim la cogió por las muñecas, dejó que el tarro se deslizase hasta el suelo (donde no se rompió porque cayó encima de la alfombra) y tiró de Amanda con todas sus fuerzas.

—Ven aquí, Mandy. Ahora.

La colocó encima de él y la penetró en el mismo instante en que la besó. Levantó las caderas con tanta fuerza que su espalda se separó varios centímetros de la cama.

Cuando no se olvida

Ella se sujetó de los hombros de él y sin saber muy bien lo que hacía, reaccionando solo por instinto, tiró de Tim hasta lograr que quedase sentado frente a ella.

Ahora que había descubierto lo salvaje y primitivo que podía ser hacer el amor cuando se estaba tan enamorada, no quería perderse ni un detalle. Besó a Tim con todo su ser, pegó los pechos a su torso notando como el vello de él le acariciaba la piel y los restos de mermelada se mezclaban con el sudor. Le enredó los dedos en el pelo de la nuca y siguió besándole, mordiéndole, haciendo todo lo que se le ocurría para meterlo dentro de ella y encerrarlo allí.

Jamás podría vivir sin él.

Él rugió, esa vez sí que no se contuvo, y se abrazó a ella cuando un clímax sin igual le tensó la espalda y le obligó a estremecerse una y otra vez. Gritó el nombre de ella, ese nombre que él se había inventado para hacerla suya de otra manera.

—Mandy, Mandy, Mandy...

Amanda le besó de nuevo y se rindió también a su orgasmo, feliz por haber encontrado la manera de darle algo único a Tim.

Tim cayó encima de la cama llevándose a Amanda con él, la abrazó y la retuvo a su lado, aunque ella en realidad no habría ido a ninguna parte, y tardó varios minutos en recuperar el aliento.

—¿Qué me has hecho, Mandy?

Ella sonrió sintiéndose muy satisfecha consigo misma y lo miró.

—Te he hecho el amor, Tim.

Él incorporó la cabeza para darle un beso en los labios y volvió a abrazarla.

—Nada podría haberme preparado para esto —susurró él.

—A mí tampoco.

—¿Y qué vamos a hacer? ¿Cómo voy a sobrevivir una noche o un día sin ti? —le preguntó acariciándole la espalda.

—Encontraremos la manera de que esto funcione —le aseguró Amanda, porque cualquier otra opción era inconcebible.

Amanda sabía lo que Tim estaba pensando: él iba a terminar Derecho y aunque siguiera estudiando Psicología infantil, su vida estaba a punto de cambiar; o ficharía por un equipo profesional de fútbol americano o empezaría a trabajar en un prestigioso bufete de abogados o en el partido político de su padre. Ella no quería que se decidiera por una de las últimas dos opciones. Si lo hacía, su espíritu terminaría muriendo, pero le apoyaría fuera cual fuese el caso. Y mientras la vida de Tim seguía alguno de estos caminos, ella todavía tenía que terminar la licenciatura y después quería irse a Europa para convertirse en cocinera.

En aquel instante recordó algo que le había dicho su abuela Celine.

—Los sueños cambian, Tim. Sé por qué estás preocupado y lo cierto es que desde el primer momento que empecé a sentir esto por ti —dijo «esto» para no asustarlo—, pensé que era injusto que te conociera ahora. Pensé ¿por qué no le conozco dentro de seis años, cuando ya haya vuelto de París convertida en la mejor chef del mundo? Así podré tenerlo todo.

Tim se tensó al oír la mención del viaje a París, pero siguió acariciándola.

Cuando no se olvida

—Yo no lo había pensado hasta ahora —confesó sincero—, pero ahora... —le temblaron las manos—, ahora que he estado dentro de ti no me imagino no estarlo. No podré soportar que te vayas, y no sé cómo podemos estar juntos.

—Yo no quiero perderte, Tim. Ni ahora ni nunca. —Se incorporó para besarle y dejó que él viera que tenía los ojos llenos de lágrimas—. El otro día mi abuela me preguntó desde cuándo soñaba con ir a París. Creo que no entendí la pregunta, o mejor dicho, no entendí lo que la abuela pretendía con ella, pero ahora lo sé.

—¿Ah, sí?

—Sí. Empecé a soñar con ir a estudiar a París cuando era una niña, Tim. Pero ahora no lo soy.

—No quiero que renuncies a tus sueños por mí —le dijo él sincero, y también con los ojos brillantes. Esa mujer le había despojado de todas las inhibiciones.

—No voy a renunciar a ningún sueño, Tim, voy a tener uno mucho más grande y tú vas a formar parte de él, ¿de acuerdo?

—De acuerdo.

—No voy a dejarte y no voy a permitir que te comportes como un mártir y me abandones. Vamos a encontrar la manera de estar juntos y de ayudarnos a cumplir nuestros sueños.

—Prométemelo —le pidió él.

Amanda tenía la mejilla apoyada en el corazón de Tim y notó que latía acelerado.

—Te lo prometo.

Él tiró de ella y sin decir nada más empezó a besarla de nuevo y pronto los besos no fueron suficiente para sellar aquel pacto e hicieron el amor despacio. Mirándose a los ojos y haciéndose más promesas. Ninguno de los dos se atrevió a mencionar la palabra «amor» pero él la llamó Mandy una y otra vez y ella le susurró que jamás lo abandonaría.

Al día siguiente dejaron la cabaña para salir a pasear y siguieron hablando de sus planes de futuro. Tim tenía una reunión en unos días con un agente deportivo para hablar de las condiciones que le ofrecían los Patriots. Todavía no se había decidido, pero de todas las opciones que se planteaba para el futuro esa era la más factible; podía seguir viviendo en Boston y estar con Amanda y podía seguir estudiando Psicología infantil.

Podía estar con ella.

Amanda había pasado a ser el único factor que podía hacerle cambiar de opinión. Si ahora Amanda decidía irse a Alaska, se iría con ella.

Tim le dijo que en cuanto llegasen a Boston empezaría a buscar piso. Si fichaba por los Patriots no iba a tener ningún problema en el ámbito económico y dejaría de depender de sus padres. Esa decisión incomodó un poco a Amanda, insistió en que ella quería colaborar con parte del dinero que tenía ahorrado para ir a Europa, pero Tim se negó en rotundo. Amanda cedió porque no quería estropear ese precioso fin de semana con una discusión, pero se dijo que retomarían el tema más tarde.

No quería ser una mantenida.

Cuando volvieron a la cabaña para recoger el poco equipaje que habían deshecho, Tim insistió en que tenían que despedirse de la chimenea y de la cama como era debido, y lo cierto fue que Amanda no opuso demasiada resistencia. Hicieron el amor en ambos lugares, besándose,

Cuando no se olvida

rindiéndose el uno al otro, como si necesitasen acumular y guardar besos y caricias para las noches que iban a tener que estar separados.

Llegó el inevitable momento de la partida y Tim la ayudó a vestirse. Le acarició la espalda, le apartó el pelo rubio del interior del vestido que se puso e insistió en abrocharle la cremallera. Cualquier excusa era buena para seguir tocándola. Ella, por supuesto, hizo lo mismo con él.

Tim cogió las maletas y se dirigió hacia la puerta, pero al llegar a ella se detuvo, dejó las bolsas en el suelo y giró sobre sus talones para volver a la mesilla de noche. Encima estaba el tarro de cristal que había contenido la mermelada. Él había insistido en limpiarlo y guardarlo.

—No puedo creerme que de verdad quieras llevártelo —dijo Amanda sonrojándose.

—Por supuesto que quiero llevármelo.

Lo guardó en el interior de la palma de la mano y se dispuso a salir. Una vez fuera, cerró la cabaña y la miró por última vez.

Ese precioso lugar había marcado un cambio muy importante en su vida, probablemente el más importante.

Amanda también la miró con el corazón encogido y un destello captó su atención y fue a averiguar qué era. Junto al alféizar de la ventana había una moneda. La levantó curiosa para observarla.

—¿Qué es? —le preguntó Tim.

—Una moneda. —La cogió y la capturó entre sus dedos como recuerdo.

Él adivinó lo que hacía y le sonrió.

—Y dices que yo estoy loco porque quiero quedarme el tarro de mermelada.

—Esta moneda puede sernos muy útil —se defendió Amanda—, puede ayudarnos a decidir algo muy importante.

Tim estaba frente al coche, apoyado en la puerta del conductor con los brazos cruzados.

—¿Ah, sí? ¿Qué?

Amanda se acercó a él y no se detuvo hasta que todo su cuerpo quedó entre las piernas separadas de Tim.

—Cara eres mío, cruz soy tuya —le susurró pegada a sus labios y sujetando la moneda entre dos dedos.

Tim tragó saliva y le dijo:

—Dame la maldita moneda y entra en el coche antes de que vuelva a hacerte el amor aquí mismo.

Amanda se rio al ver que se la robaba y la encerraba en el tarro de cristal de la mermelada.

CAPÍTULO 9

Las semanas siguientes fueron una locura. Tim empezó a buscar piso por Boston como un poseso porque no podía soportar dormir sin Amanda. Iba a verla cada noche antes de acostarse, pero no le bastaba con eso y los dos empezaban a estar muy cansados porque cada vez les costaba más y más despedirse en el coche y acababan dormidos en el asiento trasero hasta las tantas de la madrugada.

Tim sabía que a Amanda le incomodaba la cuestión económica y que aunque no había vuelto a sacar el tema de compartir gastos, lo haría cuando la ocasión se presentase. La primera vez que vio que se resistía a dejar que él asumiese la totalidad del alquiler o de los gastos en los que incurrían como pareja, sintió un profundo alivio. A lo largo de los años se había acostumbrado a que mucha gente se acercase a él por su dinero o por sus influencias (aunque en realidad no tenía ninguna), y era un alivio ver que a Amanda no solo no le importaban sino que incluso le molestaban. Pero ahora que estaba buscando un lugar para vivir no quería que ella siguiese preocupándose por el tema. Estaban juntos, él la quería, muchísimo, y quería hacerla feliz. Punto.

El problema, o uno de los problemas, era que todavía no le había dicho que la quería. Sonaría ridículo, y lo era, pero tenía miedo de gafar su historia con Amanda. Tenía miedo de confesarle que estaba enamorado, que la quería como jamás había creído posible querer a nadie, y que a partir de ese momento las cosas entre los dos empezaran a estropearse.

No podía compararse, él lo sabía mejor que nadie, pero su hermano Max se suicidó el mismo fin de semana que Tim pensó que las cosas empezaban a ir bien. Así que, aunque sonase estúpido e infantil, no le había dicho que la quería porque no quería perderla.

El jueves por la noche, cuando fue a visitarla como de costumbre, la encontró esperándolo junto con su abuela Celine.

Tim aparcó y bajó del coche.

—Mi abuela quiere decirte algo —anunció Amanda algo sonrojada.

—Claro, por supuesto. Usted dirá, Celine —aceptó Tim, nervioso y confuso.

—No podéis quedaros en el coche hasta las tantas de la madrugada, los dos sois mayorcitos para estas tonterías. Haz el favor de entrar en casa y sentarte en el sofá como un hombre de tu edad.

Tim creyó que iba a morirse de vergüenza allí mismo, pero Celine le cogió de la mano y tiró de él hacia el portal de la casa de los Perrault. Una vez superado el bochorno inicial de ver al señor y a la señora Perrault, y de que ambos le recordasen que los llamase por su nombre, Tim tuvo que reconocer que fue muy agradable.

Él nunca había estado en una salón familiar tan caótico.

Los padres de Amanda estuvieron charlando con él sobre diversos temas, le preguntaron por sus estudios y por la entrevista con los Patriots y Tim descubrió que era extraño, y muy gratificante, que esas personas se interesasen tan genuinamente por él. A él le bastaba con Amanda, de eso no tenía ninguna duda, pero le reconfortó saber que gracias a ella ahora también formaba parte de esa familia.

Al cabo de una hora, Celine les dio las buenas noches y fue a acostarse, y unos veinte minutos más tarde también se despidieron el señor y la señora Perrault.

Y Tim por fin pudo besar a Amanda como quería. La cogió en brazos, la sentó en su regazo y empezó a besarla como si tuviera todo el tiempo del mundo. Ahora que la tenía donde quería no iba a dejarla escapar. Ella suspiró de aquel modo que le volvía loco, como si llevase toda la vida esperándolo, y Tim la besó con más fuerza. Con ella nunca tenía suficiente.

Fue Amanda la primera que se apartó y le acarició el rostro.

—Hola —le susurró.

—Hola.

Tim volvió a sujetarla por la cintura y la acercó a él para otro beso. Notó que se excitaba bajo el peso de Amanda y, aunque sabía que no podía hacer nada, se dejó llevar por el deseo durante unos segundos, porque cuando se perdía en ella era cuando más él se sentía.

—Quiero vivir contigo, Mandy —le dijo con la voz ronca al apartarse—. Dime qué tengo que hacer para convencerte y lo haré.

Ella lo miró confusa. Primero pensó que era una broma, o mejor dicho, una petición surgida de la pasión del momento, pero el color de sus ojos negó esa teoría al instante.

—Lo dices en serio —afirmó temblorosa.

—Por supuesto que lo digo en serio, Mandy.

—Apenas hace un mes que nos conocemos —le recordó ella, acariciándole el rostro e intentando contener los latidos descontrolados de su corazón.

—Y no quiero pasar otro mes sin ti a mi lado. Todo esto es una locura y no existe ningún motivo por el que tengamos que seguir soportándola.

—Pero yo...

—Si vas a decirme que es por el dinero, creo que te tumbaré en mis rodillas y te daré un cachete —le dijo la amenaza mirándola los ojos y se excitó—. ¡Lo ves! Ni siquiera puedo enfadarme contigo sin excitarme. Me paso así todo el día, Mandy. Y toda la noche, voy a acabar volviéndome loco.

—Tim, yo necesito saber que somos iguales y todavía es demasiado pronto para...

La acercó a él con los brazos y la besó frenético, incluso desesperado. La reticencia de Amanda era lógica y comprensible, los argumentos que esgrimía tenían sentido, pero la mente de Tim solo los interpretaba como que la estaba perdiendo incluso antes de tenerla.

—Dios santo, Mandy. Mírame —le pidió apoyando la frente en la de ella—. Mírame. No puedo estar sin ti.

—Yo tampoco, Tim.

—¿Entonces? —Le acarició la espalda con las manos temblándole—. ¿Por qué tenemos que esperar a que seas la mejor cocinera del mundo para vivir juntos? Porque hasta que eso suceda no ganarás tanto dinero como yo. —Notó que se tensaba y la sujetó por los brazos—. No, no te vayas y escúchame. Es culpa tuya que ahora me importen estas cosas y haya aprendido a prestar atención, así que ahora te toca prestármela a mí. ¿De acuerdo?

—De acuerdo —accedió ella, aceptando que él tenía razón.

—No es culpa mía que el mundo funcione así y que los jugadores de fútbol estén mejor pagados que profesiones que sin duda son mucho más útiles, pero así son las cosas, Amanda. Voy a ganar dinero —repitió—. Mucho dinero. Puedo comprarnos un piso y podemos empezar nuestra vida juntos. O podemos esperar a que tú ganes lo mismo que yo y sufrir innecesariamente mientras tanto. —Vio que empezaba a flaquear e insistió—. Me dijiste que confiabas en mí, que creías en mí.

—Y confío en ti.

—Pues acepta vivir conmigo, por favor.

—Está bien, pero...

El beso que necesitó darle en aquel instante fue el más sincero que había dado nunca. Le sujetó el rostro con ambas manos y buscó la manera de entrar en su alma, de demostrarle una vez más que sin ella él no tenía sentido, que la necesitaba para ser el hombre que de verdad podía llegar a ser y no ese espectro que se había encerrado aquella noche en la biblioteca.

Amanda notó su desesperación, el fervor que desprendían sus labios. Ella también se sentía perdida sin él, pero tenía el refugio de su familia, mientras que Tim estaba solo, se recordó. Quizá por eso estaba tan impaciente por iniciar esa nueva etapa, y quizá si ella le demostraba que verdaderamente confiaba en él, el temor a estar precipitándose, a que Tim confundiera el amor con el cariño y con la agradable sensación de tener a alguien a su lado, desaparecería bajo los besos apasionados que él le daba.

Tim le deslizó una mano por debajo de la camiseta y le acarició la piel de la espalda. Necesitaba tocarla, ella había accedido a irse a vivir con él y no podía controlar la necesidad de tenerla más cerca.

—Tim —suspiró ella.

—Haré lo que quieras —afirmó él—. Lo que quieras.

—No —le acarició el rostro emocionada. Tim ni siquiera era consciente de lo mucho que necesitaba que lo amasen—, no tienes que hacer nada.

Y entonces supo que de nada servía que siguiera negándolo, se había enamorado por completo de ese hombre de aspecto duro e inaccesible pero que en realidad escondía un corazón enorme y demasiado magullado. Y Tim tenía razón, el paso del tiempo no importaba, el amor no era cuestión de resistencia ni de paciencia. Se había enamorado de él cuando en su coche, camino de esa cabaña, le mostró quién era en realidad. Y después había seguido enamorándose de cada beso, de cada caricia, de cara mirada, de cara sonrisa que él le regalaba, hasta que ya no le quedaba ninguna parte por darle.

No servía de nada que ella siguiera sin decirle que lo amaba, porque la realidad era que lo amaba, y sin embargo, le estaba haciendo daño ocultándoselo.

—No tienes que hacer nada —le repitió con la voz temblorosa—. Te amo, Tim.

Él abrió los ojos y separó los labios, pero volvió a cerrarlos sin decir nada. Y Amanda tuvo la horrible sensación de que nunca nadie le había dicho nada parecido. Las manos de Tim se apretaron en su cintura y lo vio tragar saliva y girar levemente el rostro. Ella se acercó y le besó con suavidad la mejilla. Él soltó despacio el aliento. Amanda se apartó y le besó la otra mejilla.

Tim al final se derrumbó y la abrazó con todas sus fuerzas contra el torso.

Podía oír su respiración entrecortada, los latidos acelerados de su corazón bajo su mejilla. Amanda se dejó abrazar y movió el rostro para depositarle un beso en el torso por encima de la camisa. Tim temblaba y seguía abrazándola. Al parecer, lo único que hacía falta para derrotar a ese hombre que prácticamente parecía invencible e indestructible era confesarle que lo amaba. Quién iba a decir que Tim Delany le tenía tanto miedo al amor.

Amanda no supo cuánto rato la estuvo abrazando Tim, pero sintió que poco a poco los latidos recuperaban una velocidad normal y que la respiración se regulaba. Las manos también empezaron a aflojarse y a moverse despacio por su espalda, acariciándola. Ella movió la cabeza y le dio un beso en el cuello, justo por el espacio que quedaba entre el primer botón de la camisa.

—Mandy —suspiró por fin Tim.

—¿Sabes que solo me llamas así cuando me besas o estamos en la cama? —le preguntó en voz baja; era un momento tan íntimo que quería alargarlo.

—¿Sí? —Le acarició el pelo y le inclinó la cabeza hacia

atrás con cuidado para poder mirarla—. No me había dado cuenta. ¿Te molesta?

—No —contestó Amanda con ternura al ver que Tim la miraba con el corazón y el alma en los ojos. Le sonrió, contenta consigo misma por haberle dicho que lo amaba. El efecto que había tenido esa confesión en Tim le quitaba el aliento—. Me gusta.

Tim también le sonrió y movió la cabeza hacia delante al mismo tiempo que guiaba la de ella hacía él para besarla. Depositó los labios un instante sobre los de Amanda y, tras sentir su tacto por todo el cuerpo, los separó y se los humedeció con la lengua muy lentamente. La besó sin mover el resto del cuerpo, solo con los labios, como si quisiera detener el tiempo con ese beso y revivirlo eternamente.

Cuando se separó, Tim la miró a los ojos y susurró en voz baja:

—Tengo que irme.

Amanda le acarició por última vez el rostro, le dio un beso en la mejilla, y se apartó de su regazo. Tim se levantó y, tras soltar el aliento, la miró y le tendió una mano para que también se levantase del sofá.

—No me has contado cómo te ha ido la entrevista con ese agente deportivo —le dijo Amanda cuando él entrelazó los dedos con los de ella.

—Muy bien —sonrió burlándose de sí mismo—. Los Patriots están muy interesados en ficharme.

—¿Estás contento?

—Sí, mucho —la miró—, pero lo de los Patriots es lo de menos.

—¿Cómo puedes decir que es lo de menos, Tim?

—Porque tú acabas de aceptar vivir conmigo, Amanda. ¿Lo ves?, además de hacerme enloquecer de deseo me has convertido en un idiota.

Sonrió al ver que él había recuperado su extraño sentido del humor y había perdido parte de la intensidad de antes.

—Si tanto te molesta... —insinuó.

—No me molesta. —La cogió por la cintura y la besó atrevido y voraz como siempre—. Le he dicho que me lo pensaría esta semana y que lo llamaría —siguió explicándole lo del agente tras el beso—. Antes de decidirme quería hablar contigo y con Mac.

—¿Por qué, y cuándo conoceré al tal Mac?

—Tal vez mañana, o pasado, ahora no recuerdo cuándo volvía de ese viaje con su familia, y quiero hablar con él porque tengo la sospecha de que los Patriots también quieren ficharlo. Y si no, Mac siempre ha tenido un sexto sentido para esta clase de decisiones, así que su consejo me será útil de todos modos.

—Pero ¿tú qué quieres hacer, Tim?

Tim la miró y pensó la respuesta con la seriedad que se merecía. No era la primera vez que Amanda le preguntaba eso y había descubierto que para ella era muy importante que cualquiera, y en especial él, por supuesto, luchara por sus sueños.

Si fichaba por los Patriots podía cortar cualquier lazo con su familia, sería completamente independiente y su padre, aunque era sumamente influyente en el mundo de la política, no tenía ningún poder en el del deporte. Ser jugador de un equipo de ese nivel, y siempre que supiera hacerlo bien, le proporcionaría una serie de contratos publicitarios que le permitirían fomentar programas de protección a la infancia y a la adolescencia. Y también podría seguir estudiando, más lentamente, eso sí, la carrera de Psicología infantil.

Y tendría a Amanda a su lado.

Y Amanda le amaba.

Amanda podría terminar la carrera de Literatura francesa y después podría matricularse en la escuela de cocina que quisiera. Él la acompañaría, por supuesto, tal vez podrían incluso quedarse a vivir unos años en Europa.

—Quiero fichar por los Patriots y saber que tú estás conmigo —le contestó con voz firme.

Amanda le sonrió como si le hubiese contado un gran secreto y se lanzó a sus brazos.

A la mañana siguiente Tim ya había encontrado la casa perfecta para ellos. Estaba a pocas calles del restaurante de los Perrault y tenía un pequeño jardín en la parte de atrás, donde ya se imaginaba a Amanda plantando flores y a él preparando una barbacoa. Era una casa antigua y tenía algunas habitaciones en mal estado; los anteriores propietarios habían empezado a remodelarla pero se habían quedado sin dinero y al final habían decidido venderla. La habitación principal, la cocina y un baño estaban terminados y en pleno funcionamiento, y eso era lo único que ellos dos necesitaban de momento. Tim estaba tan convencido de que era la casa perfecta que pagó el adelanto sin enseñársela a Amanda. Lo hizo porque, además de ser la casa perfecta, quería darle una sorpresa esa misma noche.

A media mañana, justo cuando salía de la inmobiliaria, lo llamó Mac.

—¡Ya he vuelto! —le dijo su amigo en cuanto le contestó—. ¿Me has echado de menos? —se burló.

—No demasiado, la verdad.

—Oh, vamos, Tim, acabas de destrozarme el corazón.

Tim se rio, lo cierto era que sí le había echado de menos, pero no iba a decírselo. Mac ya era lo bastante engreído.

—¿Dónde estás? Me gustaría hablar contigo.

—En mi coche de camino a tu residencia universitaria. ¿Tú dónde estás?

—Acabo de comprarme una casa.

—¿Qué has dicho? —Se oyó un sonido—. Espera un segundo, voy a aparcar aquí mismo o tendré un accidente. —Mac maniobró—. ¿Has dicho que acabas de comprarte una casa?

—Sí, eso he dicho.

—¿Dónde? ¿Por qué?

—Cerca del barrio irlandés, porque la necesito para irme a vivir con Amanda.

—Joder, Tim, he estado fuera un mes, no dos años.

—Lo sé. —Se encogió de hombros a pesar de que su amigo no podía verlo—. Ha sucedido todo muy rápido. Ah, y voy a fichar por los Patriots.

—¡Genial, Tim! —exclamó contento de verdad—. A mí también me han llamado.

—Oye, Mac, ¿por qué no te acercas hasta aquí y te enseño la casa?

Mac se rio y aceptó y media hora más tarde estaba felicitando a su mejor amigo por tomar las riendas de su vida.

CAPÍTULO 10

Tim tenía que hacer una cosa más antes de ir a buscar a Amanda esa noche. Era algo que no tenía ningunas ganas de hacer y que, si hubiera podido, habría evitado, pero en una pequeña parte de él seguía habitando ese niño pequeño que había adorado a sus padres y creía que si su vida estaba a punto de cambiar tanto, tenía que contárselo.

Tal vez se alegraran por él. Tal vez incluso lo felicitaran.

Ese no era, sin embargo, el único motivo por el que quería hablar con ellos. También quería comunicarles las decisiones que había tomado porque en el caso más que probable de que el senador y su esposa se enfurecieran con él, quería saberlo antes de presentarles a Amanda. Estaba dispuesto a soportar solo sus insultos y sus reproches, cualquier cosa con tal de que su veneno no la alcanzase.

Fue directamente a la mansión después de despedirse de Mac, que le deseó suerte. No era ningún secreto que a su amigo no le gustaban sus padres, y lo contrario también era cierto. Kev MacMurray era hijo de un importante banquero y de una rica heredera texana, pero aunque con esa definición parecían personajes de una mala serie de televisión, la familia MacMurray era en realidad maravillosa. Tim la envidiaba profundamente desde que conoció a Mac en un elitista campamento de verano al que los mandaron a los dos de pequeños. Tim iba cada año a uno de esos estúpidos campamentos, el senador y su esposa los elegían, tanto para él como para Max en función del programa político del momento; habían estado en campamentos militares, para formación de líderes y otras tonterías. El de ese año, sin embargo, estaba dedicado a los deportes. Tim fue acompañado de Max y, Mac, de su hermano menor Harrison. Los cuatro congeniaron al instante, especialmente Mac y Tim, y tuvieron la destreza de mantener esa amistad desde entonces. Cuando Max se suicidó, Mac, Harrison y el resto de la familia MacMurray ayudaron mucho a Tim, le apoyaron en todo momento y estuvieron a su lado sin cuestionarle ninguna de sus reacciones. Tim se pasó casi tres meses viviendo con ellos, mientras sus padres hacían teatro para los votantes y seguían con su vida como si nada hubiese pasado. El senador y su esposa eran unos expertos en no dejarse afectar por lo que les sucedía a sus hijos y ni algo tan trágico como el suicidio del menor de ellos consiguió hacerles cambiar.

Alejó aquellos pensamientos de su mente, Tim sabía que recordar a Max le afectaba y, aunque en circunstancias normales no quería evitarlo, ahora mismo necesitaba estar tranquilo y con todos sus sentidos alerta. Sabía por experiencia que el senador y su esposa eran unos rivales dignos de tener en cuenta.

Aparcó el coche en la entrada, pero caminó hasta la puerta trasera y entró por la cocina. Allí encontró a Tabita leyendo una de sus novelas. Fue tan sigiloso que consiguió cogerla desprevenida y asustarla.

—Hola, Tabi —le susurró al oído desde la espalda.

La mujer se sobresaltó y saltó de la silla donde estaba sentada.

—¡Cielo santo, Timothy! Casi me matas de un susto.

—Ya lo veo —sonrió él—, me has llamado Timothy. ¿Dónde está el senador? Si el informe que me mandó su jefe de prensa no está equivocado, volvieron hace unos días de viaje y hoy les toca estar en casa.

—Los dos están aquí, en el salón rosa.

—Deséame suerte, Tabi —le pidió de camino a la puerta que comunicaba la cocina con el resto de la casa.

—Suerte —susurró ella, aunque él ya había desaparecido por el pasillo—. ¿Qué vas a hacer, Tim?

Tim no se detuvo a contarle sus planes a Tabita porque no quería que nadie se los quitase de la cabeza, y porque quería terminar con lo que prometía ser un encuentro muy desagradable cuanto antes. Llamó a la puerta del salón rosa. Durante los segundos que su madre tardó en darle permiso para entrar pensó en lo distinta que era esa situación comparada con el caótico y estridente —y feliz— salón de los Perrault.

—Adelante.

Tim cogió aire y abrió la puerta.

—Buenas noches, Timothy —lo saludó su madre sorprendida—, no te esperábamos.

Cuando no se olvida

—Lo sé, madre. Buenas noches.

—Buenas noches, Tim —su padre lo miró con suspicacia—, ¿a qué has venido? —y no la disimuló.

—Me gustaría hablar unos minutos con vosotros, si es posible.

El senador enarcó una ceja y le señaló una de las butacas que había cerca del sofá donde él estaba sentado leyendo y su esposa cosiendo. Eran una imagen de postal, probablemente habían tenido una sesión fotográfica esa tarde.

—¿Ha sucedido algo, Timothy?

—Antes de empezar quiero que entendáis que he venido aquí a contaros qué va a suceder, no a consultar vuestra opinión ni a pediros permiso. —Vio que su padre entrelazaba los dedos y adoptaba una actitud defensiva.

—Has firmado para los Patriots —dijo el senador, sin ocultar que ya lo sabía.

—Sí, lo anunciarán dentro de dos meses, pero ya he aceptado.

—Estás cometiendo un error, Tim, jugar al fútbol es una estupidez. No voy a permitirlo. —El senador se puso en pie y se acercó al aparador para servirse una copa—. Vas a llamar a esa gente y vas a decirles que has cambiado de opinión.

—No voy a hacer tal cosa, padre.

—Pues ya puedes despedirte de todo, hijo —le aseguró su padre bebiéndose el whisky.

—De acuerdo, pero incluso tú tienes que darte cuenta de que esta amenaza es absurda, y más ahora que, como tú bien ya sabías de antemano, he firmado con los Patriots.

—Vas a tener que trabajar muy duro cuando te presentes para senador.

—No quiero ser senador, nunca he querido ser senador

y nunca querré ser senador —dijo entre dientes mirando alternativamente a su padre y a su madre.

—No te precipites, Tim —su madre intervino, probablemente porque palpó la tensión que flotaba entre padre e hijo. Ella siempre había llamado Tim a su esposo y Timothy a su hijo—, tal vez no sea tan malo. Timohty puede jugar unos años y después trabajar en la empresa privada, dar conferencias. La gente tiene muy mala memoria. Y después presentarse al Senado, seguro que James —mencionó al jefe de campaña de su esposo— puede arreglarlo.

—No, madre. James no tendrá que arreglar nada. —Tenía la sensación de que no le escuchaban y la frustración empezaba a calarle—. Nunca voy a ser senador.

—Hijo, no seas tan taxativo —insistió ella.

—Déjale, Martha, si quiere destrozarse la vida, allá él —sentención el senador—, no será el primero de nuestros hijos que nos decepciona.

A Tim le hirvió la sangre y durante un segundo se planteó muy seriamente darle un puñetazo a su padre.

—No se te ocurra insinuar que Max te decepcionó. Ni siquiera sabías que existía.

—¡Timothy!

Tim cerró los ojos y cogió aire para soltarlo después despacio.

—No he venido aquí para hablar de esto —siguió tras abrirlos de nuevo—. He conocido a una persona, una mujer maravillosa, y vamos a vivir juntos.

Martha iba a decir algo pero su esposo se le adelantó.

—No me digas que estás hablando de esa camarera.

Tim fulminó a su padre con la mirada; el puñetazo tenía cada vez más sentido.

Cuando no se olvida

—¿Vas a irte a vivir con una camarera? —intervino su madre, demostrando que ella no estaba al corriente.

—Amanda no es «una camarera», es la mujer de mi vida.

—Oh, vamos —se burló el senador—, yo también tuve una camarera, pero no me fui a vivir con ella. Esto es peor que lo de los Patriots, seguro que esa mujerzuela se quedará embarazada dentro de nada para poder sacarte más dinero.

—Sabía que era un error venir aquí y contaros que había tenido la suerte de conocer a una mujer increíble y que voy a intentar convencerla de que se quede en mi vida para siempre. Lo sabía. —Apoyó las palmas de las manos en los muslos y después se levantó con las manos en alto—. Lo sabía, pero supongo que en el fondo sigo siendo un estúpido que creía que sus padres se alegrarían por él.

—Timothy, tu padre tiene razón, no te precipites. Esa clase de mujeres no están preparadas para llevar una vida como la tuya.

—Y doy gracias a Dios por ello, madre.

—No seas infantil, Tim. Vas a echarlo todo a perder por un polvo. Mi equipo de seguridad os ha fotografiado en el coche, reconozco que es guapa, pero no hace falta que te vayas a vivir con ella.

—Amanda no es un polvo, padre. No vuelvas a referirte a ella en esos términos.

—No voy a permitir que cometas el mayor error de tu vida, Tim. En el partido te están esperando. Si quieres, puedes ser jugador de fútbol durante un tiempo, tu madre tiene razón, eso tiene arreglo. O incluso podría beneficiarnos, al fin y al cabo es el deporte favorito de nuestro país. Pero lo de esa chica... Su familia es francesa, ella tiene dos trabajos, estudia Literatura en una universidad de segunda. ¿Y cuánto hace que la conoces? ¿Un mes? ¿Dos?

—Déjalo, padre. Solo quería que supieras que me voy de la residencia y que a partir de ahora viviré con Amanda en nuestra casa. Le daré la dirección a tu secretaria para que la anote y la tenga presente. No quisiera que se perdiera en el correo la postal de Navidad.

Se dio media vuelta para irse y mentalmente empezó a contar hasta diez para calmarse. Si conducía en ese estado, tendría un accidente.

—Si no la dejas tú, Tim, lo haré yo.

A Tim se le heló la sangre y se detuvo en seco. Giró despacio y, cuando vio a su padre, comprobó que nunca había llegado a conocer a ese hombre.

—¿Qué has dicho?

—Esa chica tiene que desaparecer de tu vida, el futuro senador de Massachusetts, el primer presidente Delany, no puede haber vivido con una camarera medio francesa.

—Estás loco. Estás completamente loco. Escúchame bien, padre. —Se acercó a él, no se detuvo hasta que sus torsos prácticamente se tocaron—: Nunca voy a presentarme para senador. Nunca seré presidente. Nunca me meteré en política, he visto en qué clase de monstruo puede convertirte. Y como te atrevas a acercarte a Amanda, como intentes destrozar su reputación o la de su familia, iré a por ti. No te olvides de que soy tu hijo.

Tim vio que a su padre le temblaba un músculo en la mandíbula y se fue del salón. No se detuvo a hablar con Tabita, ya iría a visitarla otro día cuando sus padres volviesen a estar en Washington o en cualquier otra parte. Ahora mismo necesitaba ver a Amanda y asegurarse de que estaba bien.

Mientras conducía intentó convencerse de que las amenazas de su padre no iban en serio, era un hombre muy frío y ambicioso pero no sería capaz de hacerle daño a una chica inocente. Sin embargo, no lo consiguió. A medida que iba alejándose de la mansión, más y más convencido estaba de que el senador era perfectamente capaz de destrozarle la vida a Amanda y a su familia.

No se planteó dejar a Amanda, sin ella no podría sobrevivir, y tampoco se planteó contarle lo que había sucedido con sus padres, porque entonces ella se sacrificaría y le abandonaría. No, tenía que encontrar una solución y tenía que hacerlo ya. Debía encontrar algo con lo que negociar con su padre, algo que significara tanto para el senador que no se atreviera a hacer daño a Amanda por el miedo de perderlo.

«Un Delany nunca tiene miedo». La voz de su padre repitiendo esa estúpida frase resonó en su mente.

—¡Eso es! —exclamó en voz alta—. ¡Eso es!

Giró en la calle siguiente y se incorporó a la carretera que llevaba de vuelta al centro de la ciudad. Antes de ir a ver a Amanda, tenía que hacer otra parada.

Unas horas más tarde, con el contrato de compraventa de la casa en una mano, una pequeña cajita en el bolsillo y la espalda empapada de sudor, se dirigió a casa de Amanda. Esa noche el restaurante había estado abierto hasta tarde y ella lo estaba esperando dentro. No quedaba ningún cliente, las mesas estaban casi listas para el día siguiente y la radio sonaba de fondo.

Tim abrió la puerta con cuidado para no asustarla y cuando Amanda se giró a mirarlo supo que lo que iba a hacer no era porque su padre la hubiese amenazado o porque quisiera protegerla. Iba a hacerlo porque lo sentía, porque hasta su último aliento dependía de ella.

—¿Estás bien? —Amanda se acercó a él de inmediato y le acarició el rostro—. ¿Qué ha pasado?

Él no le había contado nada, en realidad había decidido que no se lo contaría jamás, y sin embargo ella había adivinado que estaba desgarrado por dentro. Hacía muchos años que a Tim no le quedaba ninguna ilusión respecto a sus padres, pero lo de esa tarde había conseguido revolverle las entrañas.

—Sí, estoy bien —contestó abrazándola unos instantes.

Amanda también lo abrazó e incluso levantó la cabeza para besarlo, pero no debió de creerle porque insistió.

—¿Seguro que estás bien?

—Tengo que contarte algo —le dijo él mirándola a los ojos.

—¿De qué se trata?

Amanda le soltó y se dirigió a la barra para sentarse en uno de los taburetes. En la madera Tim pudo ver un montón de folios y una novela francesa.

—¿Te acuerdas que me preguntaste qué quería hacer y que te contesté que quería jugar con los Patriots y estar contigo?

—Sí, por supuesto que me acuerdo —le aseguró ella al instante, mirándolo todavía preocupada.

Él se apoyó en el taburete que había delante de Amanda, colocó un pie un poco más avanzado para mantenerse firme y el otro en una de las tablas de madera que juntaban las patas. Dejó el sobre que contenía el contrato de compra de la casa al lado de los apuntes de Amanda y le cogió las manos.

—Hoy le he dado permiso a mi agente para que acepte la oferta de los Patriots en mi nombre. No será público hasta dentro de unos meses y supongo que tendré que firmar un montón de papeles y pasar otras pruebas médicas, pero en principio ya soy jugador de los Patriots.

—¿Y no estás contento? —Le apretó los dedos y buscó su mirada.

—Sí, mucho —sonrió y soltó el aliento—. Estoy nervioso.

—¿Nervioso?

—He comprado una casa. —Le sujetó los dedos porque notó que empezaban a temblarle—. No, no te asustes, Amanda. Ahora que por fin sé lo que quiero estoy impaciente por tenerlo y te aseguro que la casa es perfecta. Está muy cerca de aquí, es pequeña pero tiene un jardín trasero que te encantará. Y está hecha un desastre, los antiguos propietarios empezaron a remodelarla pero se quedaron sin dinero. Cuando he entrado esta mañana te he visto subiendo la escalera, estudiando en la mesa del comedor, preparando una receta en la cocina y he tenido que comprarla —se apresuró a hablar porque no quería oírle decir que no, que lo rechazaba—. Si no te gusta, si no es lo que quieres, encontraré la manera de devolverla o de venderla, pero prométeme que irás a verla. Te aseguro que en cuanto pongas un pie dentro no querrás salir. Además, el dormitorio, la cocina y un baño ya están más o menos reformados, así que podríamos instalarnos...

—Iré a verla, te lo prometo. —Lo hizo callar con sus palabras y con una sonrisa tan sincera que Tim supuso que en medio de aquel aturullado discurso había dicho algo bien—. Si quieres podemos ir mañana —le ofreció.

—En realidad había pensado que podríamos ir ahora. Tengo las llaves —se tocó el bolsillo del abrigo—, y no está muy lejos. Enseguida estaremos de vuelta.

Amanda lo miró unos segundos y asintió.

—De acuerdo.

Tim se acercó y le dio un beso abrazándola por la cintura. Al separarse notó que el corazón se le había acelerado y que le temblaba el pulso, y que estaba muy excitado. La atracción y el deseo que le despertaba Amanda aumentaban cada vez que la veía, y con ellos también crecía la necesidad de estar con ella. Ella se giró y fue a apagar las luces que quedaban encendidas del restaurante y a por su abrigo. Tim le abrió la puerta del coche y después se sentó tras el volante y condujo hasta la casa.

Por el camino le contó que había visto a Mac y le confirmó que su amigo también había recibido una oferta de los Patriots y que estaba impaciente por conocerla. Tim también tenía ganas de presentarlos.

Detuvo el coche frente a la casa y observó a Amanda con el corazón en un puño, y cuando ella abrió los ojos fascinada se sintió como si le hubiera regalado la luna. Ella se volvió despacio y sus palabras fueron tan sinceras como su rostro:

—Es preciosa.

Tim sonrió y bajó del coche con las llaves de la casa en la mano. Acompañó a Amanda hasta la entrada y cuando abrió la puerta buscó el interruptor general que le había ensañado la mujer de la inmobiliaria. Y esperó.

Cuando no se olvida

Amanda giró el rostro despacio, apreciando cada detalle, deteniéndose en lo que parecía ser la puerta de la cocina y el balcón que conducía al jardín, y después en la escalera que subía al resto de habitaciones. Tim la había descrito a la perfección, pensó ella, esa casa era para ellos.
—Es perfecta —le dijo emocionada.
Entonces él se colocó delante de Amanda y sacó la cajita que tenía guardada en el bolsillo.
—Tú eres perfecta, Amanda, perfecta para mí. —Le ofreció la cajita y levantó la tapa—. No quiero echar una moneda al aire para averiguar si tú eres mía o si yo soy tuyo. No quiero que dependa de la suerte ni del destino, ni de nadie. —Tragó saliva y sacó el anillo del diminuto cojín de terciopelo donde descansaba. Era una sencilla banda de platino con un elegante diamante en el centro—. Quiero que seas mía y quiero ser tuyo. Y no quiero esperar y hacer esto mismo dentro de un año o de dos, o de tres. Quiero hacerlo ahora, necesito hacerlo ahora. Mi vida como de verdad la quiero está a punto de empezar y no podría soportar que tú no formaras parte de ella desde el principio, así que... —suspiró y le cogió la mano—, Amanda Perrault, ¿quieres casarte conmigo?

CAPÍTULO 11

La boda de Tim y Amanda se celebró un mes después en el jardín trasero de su casa. Una casa por terminar y que estaba llena de trastos por todos lados. Fue un desastre, y fue absolutamente perfecta. Los únicos invitados que asistieron fueron la familia de Amanda, Jason junto con su familia, Mac con sus padres y sus hermanos, y Tabita.

La comida fue deliciosa, toda la había confeccionado la familia de la novia, y el baile fue caótico y divertido. Tim no echó de menos a sus padres, pero sí se emocionó cuando Mac y su hermano Harrison le dedicaron un brindis a Max.

Los padres de Amanda se escandalizaron cuando su hija les dijo que iba a casarse con Tim e intentaron quitárselo de la cabeza, no porque no les gustase Tim, al que habían empezado a querer como a un hijo, sino porque les parecía muy precipitado y arriesgado que se comprometieran tan rápido. Al final las que les convenció de que dejasen de interferir fue la abuela Celine y lo hizo contándoles un cuento sobre la luna y los amores imposibles. Tim, que había estado presente en esa conversación, seguía sin entender nada, pero estaba feliz de que sus suegros hubieran decidido apoyarlos.

Amanda se había casado con un vestido blanco con diminutas florecillas bordadas y una diadema en la melena rubia. Las únicas joyas que llevaba eran el anillo que le había regalado Tim para pedirle que se casara con él y la alianza, y las llevaba las dos en el mismo dedo, una encima de la otra.

Los invitados no tardaron en irse. El último en hacerlo fue Mac, que abrazó a Amanda y le dio de nuevo las gracias por hacerse cargo de Tim. Desde que Tim los presentó semanas atrás, Mac y Amanda se habían hecho grandes amigos, era como si tuvieran un sentido del humor muy parecido y que solo entendían ellos.

Solos en casa, Tim y Amanda se sentaron unos segundos en el escalón del porche para mirar el jardín, lleno de confeti y de restos de serpentinas. Tim la rodeó con los brazos y la besó.

—Estamos completamente locos —susurró cuando se apartó.

—Completamente locos —repitió ella.

Eran muy jóvenes y apenas habían pasado tres meses desde que se conocieron en el salón de la mansión Delany, y sin embargo ninguno de los dos podía imaginarse el resto de su vida sin el otro. Los padres de Tim no habían aparecido en la boda y, por suerte, tampoco habían tenido noticias de ellos en ningún sentido. De hecho, Tim tenía que reconocer que le resultaba un poco raro que no hubiese aparecido ninguna noticia en la prensa sobre su boda con

Amanda, pero lo achacó a la suerte y cruzó los dedos para seguir pasando desapercibido; solo faltaba un mes para que se anunciase que había fichado por los Patriots y entonces todo saldría a la luz.

Amanda iba a seguir estudiando y ayudando en el restaurante de sus padres, y cuando terminase la carrera entre los dos decidirían si se iban a Europa unos años o si lo dejaban para más adelante, en Estados Unidos también había magníficas escuelas de cocina.

Tim miró al cielo y se preguntó de nuevo cómo diablos había logrado que su vida cambiase tanto en tan pocos meses; había pasado de ser un hombre sin sueños dispuesto a seguir la corriente con tal de no sentir nada y cuyas alegrías provenían solo de provocar la ira de sus padres, a tener a Amanda y ganas de comerse el mundo porque si la tenía a ella a su lado podía con todo.

Volvió a mirar a su esposa, necesitaba hacerlo muy a menudo para asegurarse de que no era un sueño.

Se levantó y le tendió la mano. Ella la aceptó y cuando él vio brillar los dos anillos se emocionó.

—Sí —dijo en voz alta—, me has convertido en un idiota.

Amanda le sonrió.

—No sé de qué me hablas.

—Ven aquí.

La besó y con manos diestras empezó a desabrocharle los botones de la espalda a pesar de que estaban en el jardín. Cuando tuvo el espacio necesario, deslizó una mano por el interior de la prenda y le acarició la piel.

—Tim...

—Siempre te necesito más —confesó él besándola de nuevo.

Cuando no se olvida

Amanda le tocó el torso y también se dispuso a desabrocharle los botones. Después ella dirigió las manos a la cintura del pantalón y Tim optó por cogerla en brazos y llevarla a la cama. Esquivó las herramientas que el carpintero había dejado en el comedor y los pinceles y los rodillos con los que Mac y él habían intentado pintar la pared. Subió los escalones de dos en dos y abrió la puerta de un puntapié. Ella le había estado besando y acariciando durante todo el trayecto, así que cuando la tumbó en la cama estaba desesperado por entrar en ella.

No le quitó el vestido y él tampoco se desnudó. Si siempre que estaba con Amanda sentía esa sobrecogedora necesidad de poseerla, esa noche era todavía más intensa. Se habían casado, ahora se pertenecían de otra manera, y Tim necesitaba verlo. Le separó las piernas con cuidado y le quitó los zapatos de tacón, que cayeron al suelo. Colocó ambas manos en los tobillos, fue subiéndolas despacio por las medias y, cuando descubrió que llevaba ligas, gimió.

—Vas a acabar conmigo, Mandy.

Ella solo le sonrió, le gustaba que la llamase así. Le gustaba saber que le reducía a ese estado en que perdía la capacidad de formular su nombre entero.

Los dedos de Tim soltaron las ligas y le acariciaron la parte superior desnuda de los muslos hasta llegar a las caderas, y allí se deslizaron por debajo de la ropa interior y tiraron de ella hacia abajo con precisión. La seda del vestido se pegaba al cuerpo de Amanda y marcaba la curva de sus pechos. La melena rubia le caía por los hombros y ahora estaba esparcida por la almohada de su cama. Tim necesitaba poseerla más que seguir respirando.

Se desabrochó el pantalón y, sujetándose en una mano,

entró en Amanda. Ella arqueó la espalda y cerró los dedos alrededor de los bíceps de él. Tim se movió entonces despacio, penetrándola lentamente, y cuando se acercaba el final, cogió las piernas de Amanda para colocarlas encima de sus caderas. La seda blanca del vestido resbaló a su alrededor y descansó en el pantalón negro de él. Buscó las manos de ella y entrelazó sus dedos, las alianzas chocaron al hacerlo y la presión que sentía en el pecho se intensificó.

—Tim...

Apoyó las manos de ambos en el colchón, a cada lado de la cabeza de Amanda, y la besó. Él llevaba los botones de la camisa desabrochados, por lo que sintió la fría seda del vestido de ella rozándole el torso, pero el resto del cuerpo le quemaba. Estaba dentro de Amanda, de su esposa, ella llevaba ese vestido de novia con el que le había torturado toda la noche, él todavía iba vestido con el traje negro y la camisa blanca. La ropa se pegaba a sus cuerpos, el de ella vibraba debajo de él y se iba estrechando a su alrededor.

—Mandy —gimió.

—Te amo, Tim.

Él se estremeció y empezó a temblar. Alcanzó el orgasmo incapaz de seguir conteniéndose. Amanda le siguió, le abrazó y no dejó de besarlo. Al terminar, Tim se quedó donde estaba, confuso todavía con sus propias reacciones. Esa mujer cada vez le derrotaba más rápido, el deseo que sentía por ella era ya una obsesión, y sabía que si alguien intentaba hacerle daño o arrebatársela, lucharía con uñas y dientes para impedírselo.

Amanda le besó la mejilla, le apartó el pelo, le besó la

mandíbula y levantó suavemente las caderas al mismo tiempo que le mordía el lóbulo de la oreja. Él giró el rostro y buscó sus labios desesperado, ya tendría tiempo de diseccionar todas esas emociones, ahora volvía a necesitarla. La besó apasionadamente, recorriéndole el interior de la boca, moviendo despacio las caderas, excitándose de nuevo dentro de ella. Amanda le besó y, sujetándole del cuello de la americana que todavía llevaba puesta, tiró de él y lo colocó completamente encima de ella.

—Demuéstramelo —le dijo Amanda, dejando de besarlo un segundo.

—¿El qué? —Le besó la frente y los pómulos—. Cielo santo, Mandy, no puedo pensar.

—Demuéstrame que me necesitas.

Lo besó antes de que él pudiese contestarle, le mordió incluso el labio inferior.

—Te necesito, Mandy, te necesito más que a nada. —Tim no pudo evitar gemir mientras sus caderas decidían el ritmo al que se movían—. Te necesito. Te necesito —no podía parar de decirlo—. Sin ti... —la besó—, sin ti... Mierda —farfulló excitado, enloquecido por el deseo, perdido por el anhelo que ella le había creado con sus besos, su cuerpo y su mirada—, sin ti no quiero existir. No me obligues a intentarlo. —Volvió a besarla, podía sentir el orgasmo en la curva de su espalda, en el modo en que su erección temblaba de un modo casi imposible dentro de ella—. Dime que me quieres —le pidió mordiéndole suavemente el cuello—. Dime que me a..

—Te amo, Tim. —No le dejó terminar y al besarlo los dos se dejaron llevar por sus cuerpos y se rindieron al placer.

ANNA CASANOVAS

***

Dos semanas después, Amanda ya no estaba.

Tim llegó a casa una noche, era viernes, jamás lo olvidaría, y en cuanto puso un pie en la entrada supo que algo iba mal. Muy mal. Subió corriendo la escalera y al llegar a su dormitorio vio el armario abierto y tres cajones a medio cerrar. Bajó apresuradamente, esos días habían discutido, pero nada que no tuviese solución. Al menos para él, porque estaba dispuesto a todo con tal de no perderla.

Volvió a coger la llave del coche que había dejado en el mueble de la entrada y se dispuso a conducir hasta casa de los padres de Amanda, pero un papel encima de la mesa captó su atención. Durante un instante suspiró aliviado. Nada de eso tenía sentido, Amanda no lo abandonaría por unos simples problemas de convivencia. Todas las parejas los tenían, ¿no? Y ella le había dicho que le amaba. No, seguro que había una explicación lógica para todo eso, tal vez que tenían que pintar la casa y ella se había ido porque la pintura le molestaba; hacía un par de días que no se encontraba muy bien.

Cogió la nota y unos segundos más tarde tanto el papel como Tim estaban en el suelo. Él había tenido que apoyarse en la pared para no caerse y había ido resbalando hasta quedar sentado en el parquet recién instalado.

La nota decía:

Me voy. No quiero seguir contigo. Tenías razón desde el principio: esto no tiene sentido. Olvídate de mí, de nosotros. Yo ya he empezado a hacerlo.

Cuando no se olvida

Tim se quedó en el suelo largo rato. El mundo que Amanda había construido a su alrededor, el mundo que le había devuelto la vida y el corazón, se desmoronó. ¿Por qué le estaba haciendo eso? ¿Por esas estúpidas discusiones? ¡No! Tenía que haber una explicación. Se levantó furioso y se montó en el coche. Llegó a casa de los padres de Amanda, llamó al timbre sin importarle qué hora era y en menos de un minuto apareció el padre de ella.

—No está aquí —le dijo antes de que Tim pudiese preguntarle.

—No te creo. ¡Amanda! —gritó como un poseso. Estaba muy enfadado pero al mismo tiempo estaba tan preocupado que probablemente lloraría de alivio en cuanto la viera. Tenían que arreglarlo. Tenían que arreglarlo. No podía plantearse lo contrario—. ¡Amanda! —volvió a gritar.

—¡No está, Tim! —su suegro también gritó—. Entra, compruébalo por ti mismo.

Tim subió los peldaños de dos en dos y entró en aquel hogar tan acogedor con la delicadeza de un bulldozer.

—Oh, Tim —apareció su suegra en bata y con los ojos rojos—, Amanda no está.

A ella sí la creyó de inmediato y se acercó para cogerle las manos.

—¿Dónde está? ¿Qué ha pasado?

—No lo sabemos —le explicó ella—, solo nos ha dicho que tenía que irse, que no podía soportarlo más.

—Yo nunca le he hecho daño —le aseguró él de repente.

Sophie le sonrió.

—Lo sé, Tim. Dale tiempo, todo ha sucedido muy rápido.

—No, no —negó con la cabeza—. Se ha ido, se ha llevado sus cosas.

—Tim —la voz de Paul le sobresaltó—, los dos sois muy jóvenes.

Tim dejó de escucharlos y entró en todas las habitaciones de la casa. En principio no tenía ningún motivo para desconfiar de ellos, pero quiso asegurarse.

—No está aquí —dijo en voz alta—. ¿Dónde diablos está? Tiene que haber una explicación, Amanda no se iría sin más.

—A veces la gente deja de quererse —dijo Sophie—, y vosotros dos sois muy distintos y os precipitasteis.

—¡NO! —gritó furioso, pero se arrepintió de inmediato porque ese hombre y esa mujer siempre habían sido muy buenos con él—. Lo siento —dijo contrito—. Lo siento mucho, entiendo lo que estáis diciendo, pero no puedo aceptarlo. Tiene que haber una explicación.

—¿Y si la explicación es que Amanda ya no quiere estar contigo? —sugirió Paul.

—Entonces tendrá que decírmelo en persona. —Tragó saliva y respiró hondo—. Lamento haber entrado así de esta manera, y haberos despertado, por supuesto. Si Amanda os llama o viene por aquí, decidle por favor que me llame o que venga a casa. ¿De acuerdo?

—De acuerdo —aceptaron los dos.

Tim se despidió y volvió a poner en marcha el coche. ¿Qué podía haberle sucedido para irse de esa manera? Tenía que ser algo muy grave para que la hubiese llevado a tomar esas medidas tan drásticas.

Giró el volante de golpe.

«El senador.»

Cuando no se olvida

Condujo hasta la mansión Delany y entró hecho un basilisco. Sí, su padre tenía que estar detrás de todo eso. Abrió las puertas que iban interponiéndose a su paso sin mostrar la menor delicadeza y no se detuvo hasta llegar al salón donde su padre estaba leyendo.

—¿Qué diablos significa esto, Tim? —le preguntó el senador furioso.

—¿Dónde está Amanda? ¿Qué le has dicho o hecho para que se vaya, condenado hijo de puta?

—¿Tu mujercita te ha dejado? No sabes cuánto me alegro, Tim, y lo cierto es que lamento no haber tenido nada que ver al respecto, pero así es.

—No te creo —dijo Tim entre dientes.

—Créeme. Tenía intención de hacerlo, no voy a negarlo, pero iba a esperar un poco más.

—¿Dónde está Amanda? ¿Qué le has hecho? —repitió.

—No le he hecho nada a tu Amanda, tienes mi permiso para interrogar a todo el servicio de seguridad, hijo. Tu mujercita te ha dejado porque ha querido, es así de sencillo. Vamos, Tim, es una camarera de veintiún años, probablemente haya decidido que puede pescar un marido mejor que tú o, sencillamente, se ha aburrido.

Tim observó a su padre y se le retorcieron las entrañas al llegar a la conclusión de que si el senador hubiera tenido algo que ver con el abandono de Amanda, no dudaría en restregárselo por las narices.

—Espero por tu bien que me estés diciendo la verdad, padre.

—Lamentablemente así es, Tim. —Volvió a abrir el periódico que estaba leyendo—. Una cosa más antes de que vayas: si algún día decides replantearte lo de la política, ven a verme.

Tim giró sobre sus talones y se fue de esa maldita mansión más furioso de lo que había entrado. Condujo hasta la universidad donde estudiaba Amanda, llamó a Jason sin que tampoco le importase despertarlo y no la encontró por ningún lado. Agotado, exhausto y destrozado, volvió a su casa. Abrió la puerta y deseó con todas sus fuerzas que aquello hubiese sido una pesadilla, pero al entrar vio la maldita nota en el suelo.

Caminó tambaleándose hasta ella y se agachó para recogerla. Le temblaba la mano, no le sorprendió, y se guardó la nota en el bolsillo. Le sonó el móvil y lo descolgó frenético al ver que era el número de Amanda.

—Mandy —suspiró aliviado—, ¿estás bien?

—Estoy bien.

Al oír esa respuesta quedó de nuevo sentado en el suelo.

—Vuelve a casa, por favor.

—No, Tim. Esto se ha acabado, tarde o temprano tenía que acabar —añadió, y él creyó que le temblaba la voz—. Olvida que hemos existido, tú tenías razón, nada de esto tiene sentido...

—¡NO! —gritó él, pero ella ya había colgado.

Antes de marcar el número ya sabía que Amanda no iba a cogérselo, pero lo marcó de todos modos. Lo marcó una y otra vez, hasta que horas más tarde marcó otro.

—¿Tim? —Era Mac—. ¿Sucede algo?

—Amanda me ha dejado.

HOY

Un día el arcoíris se cansó de mantenerse alejado de la tormenta. La necesitaba para existir, pensó, sin ella su vida no tenía sentido. No, se corrigió, sin ella él ni siquiera existiría. Tenía que haber una manera de estar juntos, era imposible que la luna les hubiese condenado a vivir separados eternamente. No tenía sentido. El arcoíris, harto de su soledad, se había ido debilitando y echaba tanto de menos a la tormenta que decidió abandonar su escondite e ir a buscarla. La encontró furiosa y herida, presa de un huracán y de unas nubes oscuras. Por eso la había perdido, porque se la habían arrebatado. El arcoíris recurrió al sol y a la luna para recuperar a su amada, dejó de pensar en él, en su tristeza y en su amargura, y luchó por encontrar un milagro. No descansó hasta que lo encontró y la luna lo recompensó con una cueva donde unas cataratas eternas resuena con el sonido de los truenos y la tormenta y él están juntos para siempre.

Leyenda de la abuela Celine
(la abuela preferida de Amanda)

CAPÍTULO 12

Once años más tarde...

TIM DELANY

Hoy hemos perdido la Super Bowl. Casi todos mis compañeros de equipo se lo han tomado mal, excepto Mac, que se lo ha tomado peor y no solo porque es el capitán de los Patriots sino porque, aunque él no me lo ha dicho, sospecho que esta va a ser su última temporada. O la penúltima. Yo, por mi parte, me lo he tomado con indiferencia. Sí, preferiría haber ganado, quién no, pero lo cierto es que me da igual. Hay muy pocas cosas que me importen.

La directiva de los Patriots ha organizado una cena en L'Escalier, uno de los restaurantes de moda de Boston. Supongo que creían que iban a celebrar nuestra victoria y que ahora va a ser una cena algo incómoda, pero la prensa lo está esperando y ahora ni los ejecutivos ni nosotros, los jugadores, podemos echarnos atrás. Me pongo el traje y al anudarme el nudo de la corbata no puedo evitar sentir esa horrible sensación en el pecho.

Han pasado once años, once malditos años, y sigo siendo incapaz de ponerme una corbata sin pensar en ella. Hoy me molesta especialmente.

Me aprieto el nudo de la corbata y me pongo la americana. Me cuelgo la bolsa del hombro y antes de salir le recuerdo a Mac que, si no aparece en el restaurante, vendré a buscarlo y me lo llevaré a rastras esté como esté.

En el pasillo me cruzo con unos directivos del club y con algunos técnicos de distintos canales de televisión. Todos me saludan pero ninguno se detiene, supongo que no tienen ganas de darme el pésame por haber perdido la Super Bowl. Enfilo el último pasillo y veo a Susan, mi prometida. Vamos a casarnos dentro de dos meses, sí, al parecer soy de esa clase de hombre que está dispuesto a tropezar dos veces con la misma piedra, con la diferencia de que esta vez todo es completamente distinto. Radicalmente opuesto, incluso. Empezando por mí.

A veces, cuando estoy solo, hay momentos en los que creo que esos meses con Amanda no existieron, que fueron un sueño o un delirio de mi imaginación. No, no me he vuelto loco, sé que fueron reales, tengo las pruebas y las heridas que lo demuestran, pero a veces deseo que hubiera sido un sueño. De un sueño me habría recuperado antes.

Ya no soy ese hombre, gracias a Dios. Creo que nunca lo fui. Es imposible que fuese tan idiota para enamorarme y entregar mi felicidad a otra persona. Solo los estúpidos cometen tal insensatez.

Miro a Susan y como siempre siento una agradable sensación de paz y alivio a mi alrededor. Es una mujer tranquila, serena, nunca me ha dicho que luche por mis sueños ni me ha preguntado en qué consisten. Es dulce, cariñosa y responsable, y muy atractiva. Es morena, alta, con cierto aire distante. Sí, lo sé, completamente opuesta a Amanda. Seguro que cualquier psiquiatra se frotaría las manos conmigo, pero no pienso ir a visitar a ninguno. Con Susan todo ha sido muy agradable, natural y pausado.

La conocí hace un año, cuando fui a una entrevista en la cadena de televisión para la que trabaja como analista económica. Chocó conmigo en el pasillo, y eso probablemente es lo más emocionante que nos ha sucedido nunca. La invité a cenar porque me gustó su reacción, el modo en que nos miró a mí y a Mac, que esa tarde también estaba conmigo. Susan aceptó y empezamos a salir. La primera vez que nos acostamos estuvo bien, igual que el resto. Nunca he sentido la sensación de que si no estaba con ella moriría y jamás he tenido ganas de arrancarle la ropa, y tampoco se me ha pasado por la cabeza pedirle que me diga que me ama.

Vaya estupidez.

Lo único malo de Susan es que no soporta a Mac y, aunque el resentimiento es mutuo, confieso que me sorprende, y me incomoda, que mi futura esposa y mi mejor amigo no puedan estar en la misma sala sin insultarse. No tiene mayor importancia, tampoco se ven muy a menudo y algún día Mac también encontrará a alguien y quizá las cosas cambien.

—Estás preciosa —la saludo con un suave beso en la mejilla.

—Tú también —contesta ella.

Me sonríe e insinúa que la bese apasionadamente, pero le quito la idea de la cabeza recordándole lo bien maquillada que está y que el estadio sigue estando infestado de periodistas, por no mencionar los que nos están esperando frente al restaurante para preguntarnos por la boda. Aunque no le he dicho ninguna mentira, lo cierto es que besar no entra entre mis preferencias habituales. Por supuesto que beso a Susan, igual que he besado a las mujeres con las que he estado antes que ella, pero lo evito. Crean una falsa sensación de intimidad que genera malentendidos.

La llegada al restaurante transcurre tal y como había previsto, los mismos periodistas de siempre haciendo las mismas preguntas de siempre. Recuerdo que hace unos meses, cuando anunciamos el compromiso, temí que apareciera alguien hablando de mi primer matrimonio, preguntándome dónde estaba mi primera esposa y por qué me había abandonado. Pero ese momento no ha llegado jamás. A todos los efectos es como si Amanda y yo no hubiéramos existido nunca. Y yo me comporté acorde, a Susan nunca se lo he contado y con Mac no hablo del tema.

Mac fue quien tuvo que ayudarme a recomponerme, el que me encontró borracho encerrado en mi casa, después de pasarme días allí bebiendo. Sin Mac no lo habría logrado, y por ello le estaré eternamente agradecido. Lo menos que puedo hacer es no recordarle constantemente que tuvo que hacerme de niñera.

Mis padres tampoco han vuelto a mencionar a Amanda. Con los años el senador ha vuelto a aparecer en mi vida. No definiría nuestra relación como cordial pero sí que van a venir a mi boda con Susan. La conocen y les parece encantadora, una mujer elegante y sofisticada. El que aparezca cada noche en un canal de ámbito nacional y goce de mucha popularidad entre los medios no tiene nada que ver, por supuesto que no. Mi padre ha vuelto a insistir en que debería hacer carrera política. En el partido me están esperando con los brazos abiertos, me dice, y seguro que llegaría a senador siendo todavía muy joven, tanto que podría plantearme incluso la presidencia. Ese mundo sigue sin atraerme, pero no puedo jugar al fútbol eternamente. Ahora no descarto el ofrecimiento del senador con la vehemencia de antes. He aprendido que el tiempo cambia la perspectiva y que hay sueños que no envejecen bien.

Mac propone un brindis, la rubia que tiene sentada al lado está a punto de sentársele en el regazo y él no parece tener ningunas ganas. Esta noche le pasa algo, está muy alterado y no es solo por haber perdido la Super Bowl. Mañana le llamaré e iré a charlar con él, últimamente está muy preocupado por la edad y por qué va a hacer cuando se retire del fútbol.

Tengo suerte de que esa clase de pensamientos no me afecten. Ya no.

Mac se levanta y va al baño, echo la silla hacia atrás para seguirle. Le he visto muy pálido y sudado. Antes, durante el partido, ha recibido un golpe muy fuerte en la cabeza y, si se ha mareado, no es conveniente que esté solo. Ya de pie noto que me vibra el teléfono que llevo en el bolsillo interior de la americana. En circunstancias normales lo ignoraría pero estoy esperando un mensaje muy importante. Deslizo el dedo por la pantalla e identifico el nombre de la empresa de abogados a los que he contratado. La primera línea del correo me paraliza, la segunda me obliga a sentarme de nuevo. Una presión que llevaba once malditos años sin aparecer vuelve a instalarse en mi pecho. No puede ser, es sencillamente imposible. Y sin embargo las palabras de mi abogado insisten en lo contrario. Incluso me ha adjuntado un documento que corrobora su descubrimiento.

No.

Me tiemblan las manos.

Mierda, vuelvo a sentirme como ese chico de veintitrés años y me juré que jamás volvería a sentirme así, y mucho menos por ella. Jamás por ella.

Veo que Susan se levanta, me ha tocado el hombro y lo ha apretado ligeramente. Va a ver cómo está Mac. Ellos dos no se soportan pero Susan habrá adivinado mi intención y ha decidido suplantarme y dejarme a solas con ese condenado mensaje que acaba de borrar de un plumazo mi futuro y once años de mi pasado: *A todos los efectos, señor Delany, usted sigue casado con la señora Amanda Delany. Los papeles del divorcio jamás llegaron a tramitarse.*

El mensaje sigue con unos párrafos repletos de jerga legal donde me explica que el expediente de divorcio nunca se cumplimentó porque la señora Delany —Amanda— nunca los devolvió con su firma. El proceso de divorcio se detuvo y no se comunicó a ninguna de las partes porque según la ley la administración no es responsable de dicha comunicación. Además, en la gran mayoría de casos, la ausencia de presentación equivale a la reconciliación de la pareja.

¡Ja!

De todos modos, sigue el correo, *dado que la señora Delany reside desde hace años en París...*

¿Amanda vive en París? ¿Desde cuándo? ¿Por qué? ¿Con quién? Tengo tantas preguntas que noto un peso entre las cejas y me masajeo la sien. No me importa, me recuerdo mentalmente, no me importa nada de lo que le suceda a Amanda. Si vive en París, fantástico, si vive en la China, también. Mañana mismo llamaré a mi abogado y le diré que prepare los papeles necesarios para tramitar el dichoso divorcio. La idea de subirme a un avión e ir a verla personalmente aparece en mi mente, no voy a negarlo, después de que me dejara me imaginé cientos de veces lo que le diría cuando la viera, los reproches que le echaría en cara, los insultos. Ahora querría preguntarle por qué, e insultarla. Pero no lo voy a hacer, por supuesto que no. Dentro de dos meses me caso con una mujer sensata, maravillosa, una mujer que nunca me dejaría sin decirme nada. Lo único que necesito ahora es que la traidora y mentirosa de mi primera esposa firme los papeles del divorcio y eso seguro que puedo conseguirlo a distancia.

Respiro despacio, intento regular el pulso y retomo la lectura del correo, seguro que en el párrafo siguiente me explicarán cómo debo proceder para solucionar este contratiempo. Sí, solo es un contratiempo.

La línea siguiente jamás podría habérmela imaginado, nada podría haberme preparado para este momento. El mundo entero se detiene a mi alrededor, incluso el aire deja de existir. Mis ojos no ven nada excepto: *La señora Delany tiene un hijo de once años. Su nombre es Jeremy y en la partida de nacimiento (adjunta a este correo) figura que usted es el padre.*

Cuando no se olvida

El móvil cae de mis dedos sobre la mesa, queda tendido en la servilleta que yo antes he dejado arremolinada porque me disponía a seguir a Mac al baño. No oigo nada excepto los fuertes latidos de mi corazón. Cojo el móvil y lo aprieto fuerte en la palma de la mano. Vuelvo a leer el correo, tengo que habérmelo imaginado. Es imposible que sea cierto.

Imposible.

Marco de inmediato el número de teléfono de ese estúpido abogado que seguro ha metido la pata.

—Señor Delany —me contesta de inmediato—, no quería molestarlo en una noche como esta, por eso le he mand...

—¿Está seguro?

—¿Disculpe, señor?

—¿Está seguro de que no ha cometido ningún error? —repito entre dientes y en voz baja porque no quiero que nadie me oiga—. ¿No se ha confundido de Amanda y la documentación que me adjunta es auténtica?

—Sí, señor. Lo he comprobado. Tres veces. Nuestra delegación de París también lo comprobó. No quería escribirle sin estar seguro, señor. Pero no se preocupe, podemos pedir la nulidad del matrimonio en base al abandono de la señora Delany, y puede negarse a reconocer la paternidad que ella le ha atribuido.

—Mándeme la dirección de Amanda.

Le cuelgo sin esperar a que me conteste, me hierve la sangre. Si ahora mismo la tuviera delante... Tengo un hijo. Dios mío.

Apoyo la cabeza entre las manos y me aprieto las sienes con fuerza.

En ningún momento me he planteado que ese niño no sea mío. ¿Por qué no me lo he planteado? Mierda, es más que evidente que Amanda es una gran mentirosa, pero ¿por qué iba a mentir sobre algo así? En once años, once malditos años, no se ha puesto en contacto conmigo ni siquiera una vez, exceptuando esa última llamada. Si lo del niño fuese una farsa, un montaje para... no sé para qué, ella jamás quiso mi dinero, me habría dicho algo antes.

Estoy tan concentrado mirando la pantalla del teléfono que me sobresalto al notar una mano en mi espalda.

—¿Estás bien?

Es Susan, ha vuelto del baño, supongo. Me cuesta enfocar la vista y procesar lo que ven mis ojos. Susan está a mi lado, mis compañeros de equipo están charlando con sus parejas o entre ellos, ajenos a que mí me acaba de cambiar la vida. Mac no está por ninguna parte.

Miro a Susan y tardo un segundo en decidirme a anular la boda. No voy a casarme con ella. No puedo, y no porque ya esté casado.

Respiro entre dientes y me obligo a reconocerme la verdad a mí mismo.

No puedo casarme con Susan porque sigo pensando en Amanda. La odio, sí, la odio tan profundamente que si la tuviera delante la besaría y no pararía hasta que me confesase por qué me mintió y me destrozó.

Tiene un hijo mío.

Me merezco una explicación, me la he merecido siempre, pero ahora va a dármela porque ya no soporto seguir viviendo en este limbo emocional por más tiempo y si hace falta me quedaré en París hasta arrancársela palabra por palabra.

Cuando no se olvida

—¿Qué pasa? —me pregunta de nuevo Susan.
—Tengo que irme.

Me levanto y tiro de Susan hacia la salida sin despedirme de nadie. Siento un extraño cosquilleo en las manos que se extiende por todo el cuerpo. Después de tantos años sin sentir nada me sorprende la rabia y la ira que me dominan por dentro. Tengo motivos, lo sé, pero me sorprende de todos modos. Debería ser capaz de controlarme.

Entramos en la misma limusina que nos ha traído al restaurante y le digo al chófer que se dirija a la mansión de mis padres pero pasando por la calle donde vive Susana. Voy a contarle que no puedo casarme con ella, que anulo la boda, y dudo que después de oírlo quiera acompañarme a casa de mis padres.

—¿Les ha sucedido algo a tus padres? —Ha oído a dónde nos dirigimos.
—No, a ellos no.

Susan, típico de ella, se ofrece a acompañarme pero yo me limito a negar con el gesto. No sé cómo empezar. Viéndola frente a mí me doy cuenta de que nunca he sentido por ella lo que sentí por Amanda durante el primer segundo que la vi.

¿Qué clase de hombre soy?

Amanda me miró a los ojos y me entregué a ella; a Susan he sido incapaz de darle nada.

—Tim, ¿sucede algo?

No puedo seguir haciéndole daño, no se lo merece. Susan es una mujer increíble y yo solo la he utilizado para seguir fingiendo que estoy vivo. Tengo que arreglarlo cuanto antes.

—Pare el coche, por favor —le ordeno al conductor de repente.

ANNA CASANOVAS

No volveré con Amanda, si ella y yo hubiésemos tenido la menor posibilidad de existir, nos habríamos reconciliado antes. Joder, si hubiésemos existido, ella jamás me habría abandonado. Pero pase lo que pase sé que no puedo, ni quiero, casarme con Susan. Y tengo que decírselo ahora mismo.

El conductor busca un sitio donde aparcar.

—¿Qué pasa, Tim? Me estás asustando.

Aparto la mirada, voy a hacerle daño y me odio por ello. Nunca he querido hacerle daño a Susan. Me desprecio por ello, pero no tengo elección.

—¿Tim?

—Tenemos que anular la boda —le digo al fin con la voz completamente firme, mirándola a los ojos—. No puedo casarme contigo.

—¿Qué? ¿Por qué? —Entrelaza los dedos con los míos. Notará que los tengo helados, no puedo ocultárselo.

—No puedo casarme contigo —repito, y suelto el aire antes de seguir—: No puedo casarme contigo porque ya estoy casado.

Solo le cuento que me casé de joven y que ella se fue sin decirme nada. Susan no insinúa que puede esperarme ni que quiere acompañarme a conseguir los papeles del divorcio. Sé que ve en mis ojos que no hay vuelta atrás. No le digo que estoy casi convencido de que tengo un hijo, me parece innecesario y antes de contárselo quiero estar seguro. Intento decirle que ella es demasiado buena para mí, pero se siente ofendida por mi condescendencia, mi falta de sinceridad, que intuye con acierto, y al final me abofetea y sale de la limusina.

Me siento mejor, por fin he hecho lo correcto con Susan. Le digo al conductor que reanude la marcha y me lleve a casa de mis padres, se me retuercen las entrañas al pensar que si no hubiera recibido ese mensaje del abogado probablemente también habría anulado la boda con Susan.

Jamás habría podido casarme con otra.

Joder, soy un estúpido. Cierro los ojos y apoyo la cabeza en el respaldo del asiento de cuero. Un completo estúpido.

La limusina circula en silencio hasta el camino de grava que conduce a la mansión Delany, y al llegar allí el ruido de las piedras deslizándose debajo del coche me avisan de que hemos llegado. El vehículo se detiene en la puerta. No tengo ningunas ganas de comunicarles a mis padres que no habrá boda, ningunas, pero es lo menos que puedo hacer por Susan. Ella no se merece tener que lidiar con el senador. Cojo aire y abro la puerta.

Voy a decirles que no habrá boda y que me marcho a Europa de vacaciones.

Nada más.

Como era de esperar, mi padre monta en cólera y a mí me da completamente igual. No le doy la menor explicación y tanto él como mi madre dan por hecho que no he madurado y que soy un mujeriego. Les dejo creerlo y abandono la mansión diciéndoles que ya he preparado un comunicado de prensa y que les conviene no negarlo ni contradecirlo en ningún sentido. Con el paso de los años el senador ha aprendido que tiene que tomarme en serio y que, si quiere que algún día me dedique a la política, tiene que respetarme.

Le pido al conductor que me deje en mi piso antes de

despedirse y media hora más tarde ya he hecho el equipaje y estoy en un taxi camino del aeropuerto. Compro el primer billete que sale rumbo a París sin importarme la compañía, la hora o las escalas. Lo único que quiero es llegar a París.

La última media hora antes de embarcar la paso hablando con Mac. Hablar con Mac siempre me ha ayudado, recuerdo que en una ocasión le dije a Amanda (mierda ya vuelvo a pensar en ella) que tenía un sexto sentido para dar consejos. Mac estuvo a mi lado cuando con veintitrés años me casé con Amanda meses después de haberla conocido, y estuvo a mi lado cuando ella me abandonó. Y sé que ahora estará a mi lado aunque crea, y lo cree, que estoy cometiendo una locura. Antes de colgar me atrevo incluso a pedirle un favor; que se asegure de que Susan está bien.

Yo sé que cuando llegue a Paris seré, para mi desgracia, completamente incapaz de pensar en algo o en alguien que no sea Amanda.

CAPÍTULO 13

AMANDA PERRAULT

Me gustan los lunes, sé que la gran mayoría de gente los odia, pero a mí me gustan. Me gustan porque todo va lento, a las calles les cuesta más despertarse y el mundo parece tener menos prisa. Me gusta sentarme frente a la ventana del comedor y desayunar mientras el sol va subiendo despacio por mi espalda. Es el único momento del día que me permito soñar porque no parece real; el cielo está anaranjado y lleno de posibilidades.

El café está amargo y caliente, el líquido me resbala por la garganta y me hace entrar en calor. Nuestro piso es muy cálido, pero hay momentos en los que el frío se niega a abandonarme. Lo tengo metido demasiado adentro. Dejo la taza y corto un poco de mantequilla con el cuchillo para untármela en la tostada. Todavía no me he maquillado, así que no hace falta que vaya con cuidado con los labios. Sí que presto atención en no mancharme, llevo un vestido azul claro y no quiero tener que cambiarme. En el mundo de los cocineros profesionales es costumbre que los chefs de un restaurante lleven un atuendo masculino, muy sobrio, tanto si son hombres como mujeres.

Yo no.

Yo siempre voy con vestido, la única norma que sí cumplo al pie de la letra es la de llevar el pelo recogido. Tal vez sea una tontería lo del vestido, sí, probablemente lo sea, pero para mí es muy importante; no quiero desaparecer del todo.

De pequeña soñaba con no ser nunca olvidada, creía que a través de alguna de mis recetas viviría eternamente, pero a la única persona con la que de verdad quería quedarme para siempre le pedí que me olvidara.

—Ya vuelves a estar melancólica, los lunes por la mañana siempre te pasa lo mismo —me riñe la abuela.

—No es verdad, solo estoy recordando —le doy un mordisco a la tostada para disimular.

—No sirve de nada recordar si no piensas hacer nada al respecto, Amanda —insiste—. Sería mejor que lo olvidases todo de una vez.

—No puedo.

—¿Por qué?

La respuesta aparece en pijama en el comedor.

—Buenos días, mamá, nona. Tengo hambre.

—Buenos días, Jeremy.

La abuela me mira exasperada y levanta la vista hacia el cielo.

—Todos los lunes lo mismo —farfulla por lo bajo—, tú y tu estúpido ritual.

—¿Por qué está enfadada la nona? —pregunta Jeremy, que se sienta a mi lado y coge un cruasán.
—Porque está vieja.
—¡Te he oído, Amanda!
Jeremy se ríe y el sol se coloca en su lugar en el silencio. Ya está, mi momento de melancolía ha terminado. La abuela tiene razón, no sirve de nada que siga haciéndome esto.

Me termino la tostada mientras Jeremy me cuenta los planes tan ajetreados que tiene para el día. En clase de música están aprendiendo a tocar una canción para el próximo festival, aunque es un secreto y se supone que no puede contármelo. En Matemáticas tienen un examen, en Literatura un aburridísimo comentario de texto. Comerá con Guillaume porque la semana pasada se enfadó con Nestor y después, por la tarde, en clase de gimnasia irán a la piscina.

—¿Cuando vengas a buscarme podemos pararnos en la librería, por favor, mamá?
—Depende, ya veremos.
—Por favor, por favor, por favor, por favor, por favor...
—¡Ve a vestirte de una vez! —le riño, pero él ve que me estoy riendo y sabe que me tiene comiendo de la palma de su mano.

Me sonríe y a mí, como siempre, se me detiene el corazón.
—Es igual que...
—No lo digas —detengo a Celine.
—Los lunes no me gustas nada, Amanda —refunfuña la abuela—, por la mañana siempre estás muy rara.

Celine se sirve una taza de café y con ella en la mano se

Cuando no se olvida

acerca a la mesa donde yo estoy sentada. Me coge el periódico sin pedirme permiso y empieza a leerlo enfurruñada.

—Lo siento —le digo.

La abuela se limita a asentir, sé que seguirá torturándome un rato con su silencio pero al final se le pasará. Nunca puede estar mucho rato enfadada conmigo, por suerte para mí.

Me levanto de la mesa, dejo la taza y el plato en la cocina y guardo la leche y la mantequilla en la nevera. Voy a mi cuarto y termino de maquillarme, elijo los zapatos y tras calzármelos miro el reloj. Tenemos que darnos prisa o Jeremy llegará tarde al colegio.

Nuestro apartamento es bastante amplio, la luz del sol entra por las ventanas del comedor, que está separado de la cocina por un muro bajo que utilizamos de barra, o para acumular papeles, cuentos, llaves y trastos varios. En el pasillo hay cuatro puertas, el dormitorio de la abuela, el de Jeremy, el mío y un baño. Y detrás de la cocina hay una habitación que utilizo de almacén y de despensa. No fue el primer lugar donde nos instalamos, fue el segundo, y ahora las fotografías de Jeremy y también las del resto de la familia llenan las paredes y me recuerdan que es mi hogar.

—Vamos, Jeremy —le llamo y le oigo cerrar la cremallera de la mochila. Aparece listo, un poco despeinado, y sonriendo—. Dile adiós a nona.

—¡Adiós, nona! —se le cuelga del cuello y le da un beso.

Bajamos en nuestro ascensor de hierro negro, de pequeño Jeremy decía que era una jaula, y al llegar a la calle me da la mano y empieza a charlar. Este es uno de mis momentos preferidos de cada día. No vivimos lejos del colegio, así que tardamos muy poco en llegar y en cuanto Jeremy ve a uno de sus amigos, me da un beso casi sin mirar y se aleja corriendo. Yo me levanto el cuello del abrigo y me voy andando al restaurante. Sí, al final he logrado ser chef de un excelente restaurante francés, aunque el camino para llegar hasta aquí no ha sido como me lo había imaginado.

Cuando la abuela y yo llegamos a París hace once años no podía parar de llorar y un mes más tarde, cuando descubrí que estaba embarazada, fue a peor. Pero al final me sobrepuse, tuve que hacerlo. Gracias al dinero que tenía ahorrado y a la ayuda de mis padres, y de algunos viejos amigos de Celine que todavía vivían en París, poco a poco salimos adelante. Tardé más de lo que había previsto en entrar en una buena escuela de cocina, y no fue la mejor ni la más famosa, pero sí la que tenía un horario que me permitía estar con Jeremy. No fue nada fácil, pero ahora tengo un trabajo fantástico como chef de cocina de un restaurante precioso llamado Chardonneret, jilguero, pero en francés suena mejor.

Le Chardonneret está de moda, así lo han decretado todos los blogs de cocina y de tendencia de París, incluso hemos aparecido en varias revistas y en algún que otro periódico. Es un local pequeño, con mesas para dos o cuatro comensales, seis a lo sumo. En la entrada hay una barra donde servimos copas a los clientes que esperan y que me recuerda mucho al restaurante de mis padres. Detrás de la barra se ve un cristal con unos barrotes plateados pintados y la silueta en blanco del ave que nos da nombre. La decoración es en blanco y negro, muy elegante y muy «francesa», como diría mi padre, y reconozco que si fuera mío le pondría alguna nota de color aquí y allí. Mi reino —o la cocina— está siempre inmaculada, en la escuela nos recalcaron la importancia de tenerla siempre limpia y ordenada y la verdad es que es un gran consejo. Es amplia, dispone de los utensilios que necesito y en un extremo, pegado a la pared, hay un pequeño escritorio donde me siento a preparar los menús o a esbozar nuevas recetas.

Los propietarios son unos hermanos que viven en Toulouse que no aparecen casi nunca por aquí. Del día a día se ocupa Berenice, la hija mayor de uno de ellos, una mujer excéntrica de unos cincuenta años que fascina tanto a los clientes como a los críticos culinarios y al resto de la prensa. Berenice es, según sus mismas palabras, un espíritu libre al que no le gustan los horarios. Me lo dijo el mismo día que decidió darme las llaves para que yo abriese y cerrase el restaurante.

Acostumbro a llegar una o dos horas antes que el resto de personal de la cocina o de los camareros. Me gusta dejar a Jeremy en la escuela y después paseo por el mercado, voy al restaurante y preparo la lista de la compra según lo que he visto y tras un segundo café voy a comprarlo. No es así como me había imaginado mi vida en París, ni en París ni en ninguna otra parte, pero soy feliz.

Hoy no paso por el mercado, se ha levantado una brisa incómoda y prefiero ir directamente al restaurante. Todavía es pronto, prepararé la lista y volveré a salir más tarde; si no me falla la memoria, el otro día me dejé un chal olvidado en el respaldo de mi silla, me lo pondré y saldré más abrigada.

Abro la puerta, el interior de Le Chardonneret está a oscuras, pero enciendo rápido una luz y me dispongo a correr las cortinas. Las motas de polvo flotan por los rayos de luz mientras me quito el abrigo y lo dejo encima de la barra.

Pongo en marcha la cafetera y también la radio. Es un aparato muy viejo, antiguo —Berenice me corrige siempre—. La primera vez que lo vi pensé que no funcionaba, que solo era un objeto de decoración, pero funciona. Saco una hoja de papel y cojo un lápiz. Muerdo el extremo, busco en mi memoria con qué platos podemos empezar la semana.

Llaman a la puerta y aparto la vista de la hoja en blanco intrigada, no recuerdo haber pedido ninguna entrega para esta mañana.

El timbre vuelve a sonar.

Me levanto y voy a abrir.

La mano con la que sujeto el picaporte es la primera parte del cuerpo que empieza a temblarme. Me quedo literalmente sin aliento, el aire se niega a entrar en mis pulmones y estos empiezan a quemarme. Los ojos, es ridículo, me escuecen de inmediato. He perdido por completo la voz, el corazón me late tan deprisa y con tanta fuerza que me hace daño. En el estómago noto un nudo que va estrechándose a medida que se alarga el silencio y me llevo la otra mano, la que hasta ahora ha permanecido inerte a mi lado, a los labios para ocultar lo mucho que me tiemblan.

Tim.

Han pasado once años y me basta con mirarle a los ojos para amarle. Nunca he podido olvidarlo, y nunca he podido imaginarlo como está ahora: herido, atractivo, fuerte, furioso, y delante de mí.

Dios mío, ha pasado mucho tiempo y él lo ha borrado llamando al timbre del restaurante.

Aparto la mano de mi rostro, debería decirle algo, debería...

Tim, moviéndose igual que el león con el que le comparé la noche que le conocí, da un paso hacia delante, echa una mano hacia atrás para cerrar la puerta a su espalda, me sujeta por la cintura y me besa.

Es el beso con más ira que he recibido nunca y sin embargo mis manos le sujetan por el cuello del abrigo para que no se aparte. El sabor de su lengua, de sus labios, me transporta a la mejor y a la peor época de mi vida y al mismo tiempo me habla de algo nuevo, de nuevas experiencias que no he compartido con él y que me duelen en el alma. Tim me sujeta la cintura ahora con ambas manos, aprieta los dedos con fuerza y me acerca más a la mitad inferior de su cuerpo. Con veintitrés años Tim era increíblemente fuerte pero poseía un aire inocente, supongo que como yo. Ahora tiene treinta y cuatro, su torso es aun más inalcanzable de lo que recordaba, sus brazos parecen capaces de soportar más peso y sus piernas vibran de la fuerza que desprenden. Me muerde el labio, mi cuerpo se estremece al reconocer que lo está tocando el hombre al que pertenece. Un cosquilleo se extiende por mi piel y me suplica que nos quitemos la ropa para tocarnos.

Le oigo gemir, su boca se mueve encima de la mía sin detenerse, capturando cada instante y todos los sentimientos que queman dentro de mí.

Entonces me suelta, me deja ir con el mismo ímpetu con el que unos minutos atrás me ha abrazado. Le miro, el pecho le sube y le baja tan precipitado como el mío, tiene los labios húmedos de los besos y los ojos me hacen pensar en una hoguera ardiendo en el hielo.

—Tim…
—Te odio, Mandy.

CAPÍTULO 14

Me tiembla el mentón y aprieto los dientes para contener un sollozo. Los nervios, al amor, el miedo, están librando una batalla y las lágrimas parecen aliviarlos.

—Solo dime por qué.

Tim está a medio metro de mí, tiene el pelo desaliñado por culpa de mis manos. Bajo la vista hasta mis dedos y los cierro formando un puño. He vuelto a tocarlo.

—Dime por qué —repite.

—Yo... —balbuceo, ¿adónde ha ido a parar mi discurso elocuente? Oh, ya lo sé, se suponía que iba a contárselo hace once años y no ahora, cuando probablemente suene ridículo y completamente inverosímil. Trago saliva y Tim levanta las manos exasperado.

—Once años, Amanda —dice entre dientes—. ¡Once malditos años! Me dejaste con una nota y una estúpida llamada telefónica, creo que me merezco una explicación.

Sé que se la merece, lo sé, pero no de esta manera, no

cuando está tan enfadado conmigo que no va a escucharme. Creía que jamás llegaría este momento, pensaba que él no querría volver a verme, que me habría olvidado para siempre, tal como le pedí. Pero...

—¿Por qué? —le pregunto de repente.

—¿Cómo que por qué? —me mira incrédulo.

Sacudo la cabeza, me ha malinterpretado y no le culpo. Tenerlo cerca después de tanto tiempo me afecta.

—¿Por qué has venido ahora?

—Me dejaste con una jodida nota, Amanda. Me dijiste que me amabas y me dejaste con una jodida nota. Desapareciste, ¿fue porque estabas embarazada?

Me fallan las rodillas y tengo que sujetarme en la mesa que tengo delante, noto que el color me abandona el rostro y Tim durante un segundo me mira preocupado, pero no va a ceder. Está decidido a hacerme daño, a pesar del paso del tiempo tiene el mismo brillo en los ojos que la noche que le conocí en la biblioteca de la mansión Delany.

—No —contesto a través del nudo que tengo en la garganta—. No sabía que estaba embarazada cuando nos separamos.

—¿Cuando nos separamos? —Enarca una ceja y espera a que me corrija.

—Cuando te dejé.

—Si es hijo mío, ¿por qué no te pusiste en contacto conmigo cuando te enteraste, o en cualquier otro momento durante estos últimos once años?

—Es hijo tuyo —le digo emocionada mirándolo a los ojos. Nunca me imaginé hablarle así de Jeremy, con tanto odio y resentimiento flotando en el aire. Me resbala una lágrima por la mejilla, pero Tim se mantiene inflexible.

—¿Y se supone que tengo que creerte?

Ese comentario me ha dolido, y mucho, tal y como era su intención.

—¿Por qué has venido precisamente ahora, Tim? ¿Por qué has tardado once años en encontrarme? —los nervios me llevan a formular una pregunta demasiado reveladora.

—¿Tardado? —Él se da cuenta, evidentemente—. ¿Acaso se suponía que esto era un prueba? Joder, Amanda, pues me temo que no la he pasado, ¿no?

—Pensaba que no volvería a verte nunca más.

Tim me mira a los ojos, no sé si busca algo que delate que soy el monstruo en el que él me ha convertido, o tal vez un tic que demuestre que le estoy mintiendo, que le he mentido desde el principio. Finalmente se aparta y camina hasta una de las ventanas que yo he abierto antes.

—Quiero conocer a Jeremy —dice con voz firme. Sabe su nombre, tiemblo al preguntarme qué más sabe sobre él y sobre mí, y sobre los años que nos han distanciado.

—No sé si...

—Voy a conocer a Jeremy, Amanda —me interrumpe—. No puedes oponerte.

—No iba a oponerme, iba a decir que tal vez tú y yo deberíamos hablar antes, decidir qué vamos a contarle, quién vamos a decirle que eres.

Tim vuelve a quedarse en silencio y me da la espalda. Si hubiésemos arreglado las cosas me acercaría y le acariciaría los hombros o la nuca. Pero si ahora me atrevo a tocarle me rechazará o me seducirá. Y sí, reconozco que a pesar de todo me reconforta ver que me desea, lo he sentido en su beso, pero no me necesita. La distinción es tan evidente que me pregunto si Tim necesita a alguien, si existe esa persona en su vida, esa mujer a la que besa como si sin ella no pudiese existir.

—Está bien, de acuerdo —accede—. Hablaremos.

—¿Por qué no me has buscado hasta ahora Tim? —Separo una silla de la mesa donde estoy apoyada y me siento en ella—. ¿Qué tiene de diferente este año de los anteriores?

—Me dijiste que me olvidase de ti, Amanda, ¿no te acuerdas? Me dejaste de la noche a la mañana y me dijiste que lo nuestro había sido un error, que no tenía sentido, que teníamos que olvidarnos—. Se gira y busca mi mirada—. Me pediste que no te siguiera, que no te buscase, ¿y ahora me lo echas en cara? No sabía que además de una mentirosa y una traidora fueses tan retorcida y maquiavélica. Y en respuesta a tu segunda pregunta, he venido ahora porque quiero que firmes los papeles del divorcio.

Todas mis ilusiones se desmoronan una a una. Tim no me ha buscado porque haya descubierto la verdad o porque, sin saberla, haya decidido recuperarme. Tampoco me ha buscado solo porque haya averiguado lo de Jeremy. Me ha buscado, y me ha encontrado, para que le firme esos malditos papeles.

Recuerdo el día que me llamó papá para decirme que habían llegado a casa. Me pasé horas encerrada en mi dormitorio llorando. Fue la primera vez que asumí que Tim no vendría a buscarme, que había pasado página y que había empezado a olvidarme, y decidí no firmarlos, pensé que así lo provocaría, despertaría su curiosidad y se presentaría ante mí cual caballero andante exigiendo una explicación. Más o menos como está haciendo ahora, solo que diez años antes y confesándome su amor eterno.

Tim no me ha buscado durante once años.

Tim me ha buscado para que le firme los papeles del divorcio. Tim me ha dicho que me odia.

Vuelve a faltarme el aliento pero por motivos completamente distintos a los de antes; Tim está enamorado y quiere casarse con otra. No me resulta muy difícil decirlo, la verdad me está mirando directamente a los ojos.

Me bajan dos lágrimas apresuradamente por las mejillas, seguidas de inmediato por otras dos. Me las seco furiosa con ambas manos. No tengo derecho a estar tan dolida, lo que está sucediendo es consecuencia de mis acciones, pero nada de eso me impide desear que a Tim le hubiese resultado imposible olvidarme y enamorarse de otra persona. Igual que me ha sucedido a mí.

—¿Tienes aquí los papeles del divorcio? —le pregunto en voz baja.

—No, están en el hotel.

—¿En qué hotel? —Se aloja en el Palace Athené, me dice con eficiencia—. Si quieres, puedo ir a las cuatro —me ofrezco y le pido por favor a Dios, o a quien quiera que me esté escuchando, que su prometida no esté allí—. Te firmaré los papeles del divorcio y podremos hablar de Jeremy.

—¿Cómo puedes estar tan tranquila? —me recrimina.

El reproche acaba con la poca paciencia que me quedaba.

—No estoy tranquila, Tim, estoy de todo menos tranquila. Estoy triste, resignada. Destrozada. Asustada. Y un poco feliz de verte. Estoy muchas cosas y te aseguro que ninguna de ellas es tranquila. Tengo miedo de que me odies de verdad, me aterroriza que nunca más vuelvas a ser capaz de mirarme, y no me atrevo ni a pensar que existe la posibilidad de que te lleves a Jeremy de mi lado. Así que, Tim, te aseguro que no estoy tranquila.

Se abre la puerta y entran dos camareros del restaurante y una de las aprendices que tengo en la cocina.

—Buenos días, Amanda —me saludan los tres intrigados al ver a Tim de pie en el otro extremo del restaurante.

—Buenos días —contesto yo—. Enseguida iré a la cocina y os cuento qué tenemos previsto para hoy.

Los tres jóvenes se alejan titubeantes mientras Tim permanece en el mismo lugar.

—Supongo que comprenderás que no me fío de ti —me dice entonces Tim—. Vendré a buscarte a las cuatro y espero, por tu bien, que estés aquí.

—Estaré aquí —afirmo tras tragar saliva.

Tim asiente, camina hacia la puerta y se detiene ante mí cuando pasa por mi lado.

—No he venido aquí para llevarme a Jeremy a la fuerza, ¿de acuerdo?

Esa pregunta, ese «de acuerdo» me recuerda tanto a nuestras anteriores conversaciones que me duele. Me seco otra lágrima con un movimiento brusco de la mano. No debería haberlo hecho, Tim está frente a mí y ha visto que sigo llevando la alianza y el anillo que me regaló cuando me pidió que me casase con él. No ha dicho nada pero los ojos le han cambiado de color durante un segundo.

—De acuerdo —farfullo.

Tim mueve ligeramente la cabeza mientras se da media vuelta y sin decirme ni una palabra abre la puerta y se va del restaurante.

Unos minutos más tarde oigo la voz de Alicia, la aprendiz que ha llegado antes:

—¿Necesitas algo, Amanda?

—No, estoy bien, gracias —le contesto—. Dadme unos minutos más, por favor. Enseguida iré a la cocina.

—Claro, no te preocupes.

Los pasos de Alicia vuelven a alejarse y cuando dejo caer las manos encima de la mesa que tengo delante no puedo evitar recordar una de las discusiones que tuvimos Tim y yo la semana antes de que me marchase.

Tim todavía no había empezado los entrenamientos oficiales con los Patriots y había terminado las clases en la universidad, pero yo no. Yo todavía tenía exámenes y tenía que entregar varios trabajos en la facultad. Además, le había prometido a Jason que volvería a ayudarle en una fiesta muy selecta para la que habían contratado los servicios de Silver Fork y mi padre me esperaba cada noche en el restaurante.

—No entiendo que tengas que ir al restaurante —me dijo Tim sentado en la cama. No llevaba camiseta porque había estado pintando en el piso inferior. Había subido para hacerme compañía mientras me cambiaba, y para intentar convencerme de que no me fuera—. Estos últimos días apenas nos hemos visto.

—Lo sé, y lo siento —le contesté descolgando la camisa blanca—. Te prometo que la semana que viene no trabajaré todas las noches.

Le oí levantarse de la cama y al cabo de unos segundos noté que me abrazaba por la espalda. Agachó el rostro y me besó el cuello.

—Deja de trabajar —me pidió entre beso y beso—. Ya no te hace falta.

Cuando no se olvida

Apoyé la cabeza en el torso de él y dejé que siguiera besándome, con un beso nunca me bastaba.

—Mi padre necesita que le ayude, y yo necesito el dinero para Europa.

Él se tensó en el acto y apartó la cabeza, pero no los brazos de alrededor de mi cintura.

—Creía que lo de Europa lo decidiríamos juntos cuando llegase el momento —me dijo.

—Sí, claro, pero igualmente tendré que pagarlo.

Me soltó y caminó hasta colocarse delante de mí, entre mi pecho y el armario. Había muy poco espacio, los muslos de Tim me rozaban las piernas. Él solo llevaba un pantalón corto y tenía una mancha de pintura en un pectoral que me distraía mucho.

—Amanda —esperó a que le mirase—, estamos casados. Yo tengo mucho dinero, lo que significa que tú tienes mucho dinero.

—No, ese dinero es tuyo, no mío.

Le vi tensarse, entrecerró los ojos y se cruzó de brazos. El vello de los antebrazos me tocó los pechos.

—Creía que confiabas en mí —me recordó seriamente—. Creía que habíamos jurado pertenecernos.

—Sí —balbuceé—, pero lo del dinero es distinto.

—No es distinto.

—Sí que lo es —insistí—. No quiero que algún día puedas echármelo en cara. No quiero que pagues mis estudios. Y no quiero que mi padre esté en deuda contigo porque le has contratado una camarera.

—¿Por qué? No sería una deuda, yo jamás lo consideraría así. Y en cuanto a tus estudios, creía que nuestros sueños eran de los dos, si tú me apoyas con lo de los Patriots, ¿por qué no puedo apoyarte yo con lo de la cocina?

—No lo entiendes —me aparté del armario y de él.

—No, eres tú la que no lo entiende —me siguió—. No hay ningún motivo por el que tengas que trabajar cada noche y no podamos estar juntos, Amanda. Podemos pagar esa camarera de más, maldita sea, podemos pagar a diez camareras si hace falta. Y si quieres mañana mismo podemos coger un avión e irnos a París.

—Ya te he dicho que no quiero estar en deuda contigo, Tim.

—Y yo te he dicho que no lo estarías.

—No quiero discutir contigo, Tim. Tengo que vestirme o llegaré tarde. —Volví al armario y me dispuse a abrocharme la camisa.

—¿Y mañana por la noche qué? ¿Volverás a hacer de camarera y llegarás a las tantas? Joder, Amanda, ¿no ves que no tiene sentido?

—Necesito el dinero, y mi padre y Jason necesitan que los ayude.

Me cogió por los hombros y me giró hacia él.

—No necesitas el dinero, me tienes a mí.

—Volveré pronto, te lo prometo.

Recuerdo que Tim me soltó como si le hubiese hecho mucho daño, pero en esa época yo de verdad creía que tenía que hacerlo todo sola y no quería utilizar el dinero de Tim, bastante me había costado asumir que él hubiese comprado la casa donde vivíamos. No me dijo adiós cuando me fui al restaurante de papá, se encerró en el baño y pude oír correr el agua de la ducha. Cuando volví, Tim ya estaba en la cama. Me metí con cuidado bajo las sábanas e hicimos el amor.

Cuando no se olvida

La noche siguiente, cuando cogí el uniforme de Silver Fork para ir a ayudar a Jason tal y como le había prometido, Tim no intentó detenerme, sencillamente no me dijo nada, le vi coger las llaves del coche y salir por la puerta. Creo que fue a ver a Mac, pero no estoy segura.

Ojalá no hubiese ido a esa fiesta, aunque yo no lo sabía entonces. Esa noche, y los eventos que la siguieron, fue el motivo por el que abandoné a Tim.

Ahora ya no importa, supongo, ha pasado mucho tiempo y Tim está enamorado de otra. Cuando le abandoné fue por esto, para que llegase este momento. Además, no sirve de nada remover el pasado. Tengo una buena vida, esta misma mañana he pensado que era feliz, y seguiré teniéndola cuando Tim se vaya.

Lo único que tengo que hacer es firmarle los papeles del divorcio y dejarle conocer a Jeremy. Tim me ha dicho que no ha venido con la intención de llevárselo por la fuerza, y le creo. Me ha costado años y he tenido que perderle a él en el proceso, pero confío en Tim.

CAPÍTULO 15

TIM DELANY

Todavía me tiemblan las manos. Creo que llevo más de una hora caminando por las calles de París, pero no estoy seguro. Todavía me tiemblan las manos de lo fuerte que las he estado apretando para no abrazar a Amanda.

He llegado a París esta mañana, he salido del aeropuerto bastante calmado, me he subido en un taxi y le he dado el nombre del hotel donde me hospedo. Era la viva imagen de un hombre tranquilo y pausado. Decidido, por supuesto, pero con la mente fría y las ideas claras. He dejado la maleta en la habitación sin prestarle demasiada atención a las preciosas vistas de la ciudad que se ven desde el balcón y me he sentado en la cama para ver si mi abogado de Boston había podido mandarme la información que le solicité.

Y cuando he abierto el correo y me he encontrado con

Cuando no se olvida

un artículo que le hicieron a Amanda y al restaurante Le Chardonneret en una revista francesa, he perdido toda esa calma y me ha empezado a hervir la sangre.

Era la primera vez que la veía en once años, y sí, solo era una estúpida fotografía a través de la pantalla del móvil, pero me ha sacudido de un modo que no me esperaba. Estaba guapísima, los ojos del color de los lagos son ahora más profundos y en la foto llevaba el pelo rubio recogido en un moño en la nuca. En el artículo, como en cualquier buen reportaje de un restaurante, se incluía la dirección y mis pies prácticamente han empezado a andar antes de que yo tomase la decisión de hacerlo. De camino a Le Chardonneret me he dicho que en cuanto la viera le preguntaría por mi hijo y le exigiría que me diese una explicación. La mantendría a distancia, le dejaría claro que nunca he entendido por qué me abandonó y que nunca voy a perdonárselo. Me he imaginado que Amanda me miraría indiferente, sorprendida de mi visita, eso seguro, pero indiferente. Ella me abandonó, al fin y al cabo.

Pero cuando Amanda ha abierto la puerta del restaurante no me ha mirado con indiferencia, sus ojos se han iluminado y el amor me ha golpeado con tanta fuerza que he tenido que besarla. Y cuando ella ha respondido a mi beso con toda esa emoción, me he puesto furioso de verdad.

¿Cómo se atreve a mirarme así, a besarme así, después de once años? Después de haberme abandonado...

Le he dicho que la odio, y en aquel instante era verdad.

Estaba seguro de que Amanda me habría olvidado, tal y como me exigió que hiciera yo con ella.

Nada de esto tiene sentido, pienso frustrado. ¿Por qué

me ha besado? ¿Por qué ha llorado? Entiendo que tenga miedo de que pueda arrebatarle a su hijo. Dios santo, me froto el rostro al recordar de nuevo que tengo un hijo. Lo que le he dicho al salir del restaurante es verdad: no voy a llevarme a Jeremy a la fuerza. A pesar del daño que me ha hecho ella, jamás sería capaz de utilizar a ese niño para vengarme.

Sé lo que se siente cuando tus padres te utilizan como un objeto y nunca voy a hacerle eso a Jeremy.

Sigo caminando, hay una pregunta de Amanda que no deja de repetirse en mi mente.

«¿Por qué no me has buscado hasta ahora, Tim?»

La noche que me abandonó la busqué frenético por todo Boston, fui a casa de sus padres, a la de los míos, a la universidad, llamé a Jason y a todos sus amigos. Nadie sabía nada de ella, o si lo sabían me mintieron. En mis entrañas sé que habría seguido buscándola si ella no me hubiese llamado y me hubiese pedido que la olvidase.

Se atrevió a pedirme que la olvidara... como si eso fuera posible.

Recuerdo que empecé a beber esa misma noche, justo después de que me colgase, y que seguí bebiendo durante días. Hasta que vino Mac y me obligó a serenarme. Estaba dolido, furioso, destrozado, todavía recuerdo la agonía que sentí al notar que se me partía el corazón. Me siento en un banco frente al Sena. ¿Qué habría sucedido si hubiese sido capaz de pensar, si hubiese podido ver más allá del dolor?

Mierda, separo las piernas y apoyo los codos en los muslos para frotarme la frustración del rostro.

Hubo una noche, pocos días antes de que Amanda se

fuese, que en medio de una discusión ella dijo algo que nunca llegué a entender y que ahora no puedo quitarme de la cabeza.

Estábamos en casa, Amanda estaba sentada en el sofá rodeada de papeles y de libros. Se suponía que iba a estudiar y que yo no iba a distraerla, pero estaba tan guapa que tuve que besarla. Y después tuve que desnudarla y hacerle el amor en el sofá. Recuerdo que estábamos abrazados, tumbados en el suelo encima de la alfombra, yo con la cabeza recostada en uno de los cojines del sofá y Amanda acurrucada entre mis brazos.

—Hoy me ha llamado mi padre —le dije, iba a decírselo antes pero me pareció mucho más importante y necesario besarla.

Y lo cierto es que en cuanto entré en casa y la vi tuve que estar con ella, la llamada de mi padre me había dejado demasiado alterado y solo Amanda podía hacerme sentir que volvía a ser yo mismo.

Es curioso, pienso mirando el Sena, solo tengo la sensación de ser yo cuando estoy con ella. Hace once años, cuando la conocí, sentí como si Amanda me arrancase una máscara, como si me despojase del disfraz que amenazaba con convertirse en parte de mí. Y hoy, cuando la he besado, he notado que mi mente, incluso mi alma, volvían a abrirse. ¿Por qué tiene que ser así? ¿Por qué?

Esa noche, en el sofá, Amanda se tensó al oír que yo mencionaba a mi padre.

—¿Qué quería? —me preguntó.

—La fundación que crearon en nombre de mi hermano Max organiza una fiesta mañana —seguí yo—. Sé que solo lo utilizan para ganar votos, pero lo cierto es que cada año recaudan fondos que acaban invirtiendo en un hospital de Psicología infantil que hay en Los Angeles. Quieren que vaya.

—Oh, sí, no te preocupes.

La aparté de mi pecho y le levanté la cara para mirarla.

—Quiero que vengas conmigo —le dije—. No voy a ir sin ti.

—Yo no pinto nada en esa clase de fiesta. —Intentó levantarse pero la abracé con más fuerza para que no se fuera y le acaricié la piel desnuda hasta que poco a poco noté que parte de la tensión se alejaba.

—Eres mi esposa, Amanda.

—Mañana por la noche tengo que trabajar.

—No me vengas con esas, Amanda. Ya hemos hablado del tema. —Fui yo entonces el que la soltó y se incorporó. Me levanté del suelo y me puse los calzoncillos.

—No puedo fallarle a mi padre, Tim —me dijo terca sentándose en el suelo—. Tú no te saltarías un partido para acompañarme a una cena.

—No es lo mismo y lo sabes.

—Tienes razón, no lo es —lo dijo en voz tan baja que apenas la oí.

—Quiero que me acompañes, Amanda. Quiero que conozcas a mis padres y presumir de ti delante de todo el mundo. El acto de la fundación de Max es la excusa perfecta. ¿Tanto te cuesta entenderlo?

—No puedo, Tim.

—Di mejor que no quieres. —Me puse furioso, cogí la camiseta y me la pasé por la cabeza—. Todo es más importante que yo; tus estudios, tus trabajos, tu familia. Todo.

Cuando no se olvida

Ella no se movió de donde estaba.

—A veces te comportas como un niño malcriado.

—Y tú eres una egoísta que solo piensa en ti. Voy a ir a esa fiesta, Amanda, tanto si me acompañas como si no. La fundación de mi hermano hace algo útil y quiero apoyarla.

—Pues termina la carrera de Psicología, lucha de verdad por lo que quieres.

—¿Qué? ¿Me estás acusando de no luchar por lo que quiero? —Extendí las manos—. Mira dónde estoy.

—¿Dónde estás?

—Aquí contigo. Yo estoy luchando por mis sueños, eres tú la que últimamente se empeña en ponérmelo difícil.

—Si te resulta tan difícil, tal vez no lo desees de verdad.

—Yo no he dicho que me resulte difícil, Amanda. He dicho que tú me lo estás poniendo difícil. Dios, últimamente solo discutimos.

Me sonrió con tristeza.

—Ve a la cena de la fundación de Max, Tim. —Se levantó del suelo y se acercó a mí. Estaba desnuda y cuando se detuvo pegada a mi torso me rodeó el cuello con los brazos—. Prometo dejar de ponértelo difícil.

Tiró de mí y empezó a besarme. Me quitó la camiseta pocos segundos después y, muy despacio, también los calzoncillos. Recuerdo que empezó a tocarme, que una parte de mí quería preguntarle qué había querido decir con esa última frase, pero el resto de mí volvía a estar perdido en el deseo que Amanda siempre me despertaba. Me excitó, me llevó hasta el sofá y me empujó suavemente el torso para que me sentara. Y entonces se sentó encima de mí y me llevó dentro de ella.

—Mierda —farfullo ahora mirando el Sena que fluye impasible ante mí—. Mierda.

Con qué facilidad me entregaba siempre a Amanda. Nunca fui capaz de ocultarle nada y ella en cambio siempre me ha ocultado algo.

Fui a la cena de la fundación de Max sin ella, Amanda ni siquiera estaba en casa cuando fui a cambiarme. Cuando volví la encontré dormida en el sofá y la llevé en brazos hasta la cama. Nunca me preguntó cómo me había ido y a la mañana siguiente se comportó como si nada. Yo no le conté que mi padre no había ocultado una mueca de satisfacción al verme llegar solo, y tampoco que me sentaron en una mesa al lado de la hija de un político amigo suyo. Una joven relativamente agradable con la que siempre habían dicho que me casaría. Ella no estaba interesada en mí y por suerte para mí se lo tomaba todo con humor. Charlar con Sylvia fue lo mejor de la noche. La fundación recaudó bastante dinero, los periodistas que asistieron al acto me preguntaron por mi fichaje con los Patriots y les respondí que estaba muy ilusionado con formar parte del equipo. Ninguno me preguntó por mi boda con Amanda y no les dije nada. Habría sido ridículo que les hubiese dicho que me había casado sin que ella estuviese a mi lado. Pero tal vez tendría que haberlo hecho, tal vez no tendría que haber ido a esa cena sin Amanda, o tendría que haberle preguntado qué había querido decir con eso de que iba a dejar de ponérmelo difícil.

Sacudo la cabeza. No puedo seguir por ese camino.

Miro el reloj y compruebo atónito que son las tres de la tarde, me he pasado la mañana entera pensando en el pasado, intentando revivirlo, diseccionándolo en busca de una clave que no he encontrado en once años. Me levanto del banco y subo la escalera que conduce a la calle principal. Intento distraerme observando la gente que me rodea, los edificios que por desconocidos deberían fascinarme, pero nada consigue alejar mi mente de Aman—da.

Faltan unos minutos para las cuatro cuando llego al restaurante, Amanda está esperándome en la calle.

—Estaba nerviosa —confiesa al verme—. ¿Vamos?

Detengo un taxi que justo en aquel instante pasa por nuestro lado y en un gesto automático le abro la puerta a Amanda. Tras cerrarla, me dirijo al otro lado para entrar. Le doy la dirección al taxista y se pone en marcha de inmediato.

Amanda no para de apretarse los dedos de las manos, mantiene la vista al frente y una rodilla no deja de temblarle. Levanto una mano y la coloco encima de las de ella. Despacio, Amanda se gira a mirarme.

—Tranquila —le digo.

—¿Has venido con ella?

—¿Con quién? —le pregunto confuso sin dejar de tocarla.

—Con la mujer con la que vas a casarte. Por eso estás aquí, ¿no? Para que te firme los papeles del divorcio y poder casarte.

—¿Cómo sabes que voy a casarme?

—No has aparecido en once años, Tim, así que no creo que ayer te levantaras de la cama y decidieras buscarme para hacerme una visita de cortesía.

La miro a los ojos, no es la primera vez que me echa en cara no haber venido antes, aunque sigo sin entender por qué tengo la sensación de que es muy importante para ella.

—Lo siento, tienes razón. Debería haber venido antes.

Es verdad, pienso para mí mismo, debería haber ido a buscarla, aunque solo fuera para gritarle o para exigirle que me diese una explicación.

A Amanda le brillan los ojos y se muerde el labio inferior antes de girar la cara y mirar por la ventanilla.

—Firmaré los papeles, no te preocupes —me dice en voz baja ignorando mi disculpa de antes.

Al girarse Amanda ha girado también el resto del cuerpo y mi mano ya no está encima de las suyas, descansa ahora abandonada en la tapicería de cuero del taxi. Quiero levantarla y acariciarle la espalda, tocarle el pelo, y cuando creo haber reunido el valor para hacerlo el taxi se detiene y me lo impide.

Ella baja del vehículo sin mirarme y yo me ocupo de pagar al conductor. El portero del hotel le abre la puerta y cuando estamos dentro ella me sigue en silencio.

—He venido solo —le digo al llegar al ascensor. Aprieto el botón y veo que Amanda mantiene la espalda recta, completamente erguida, pero sus ojos carecen de tantas defensas—. No voy a casarme con nadie. Iba a hacerlo, pero ya no.

—¿Por qué? —me pregunta al fin.

—Tenemos que hablar, Amanda —me masajeo la nuca—. Podemos hacerlo aquí, en el bar del hotel, o en mi habitación. Yo preferiría hacerlo en mi habitación, pero entiendo que prefieras quedarte aquí.

No me engaño, sé que tanto ella como yo recordamos

demasiado bien lo que nos pasaba siempre que nos quedábamos a solas.

—No, está bien —accede tras tragar saliva—, yo también prefiero hablar en tu habitación.

La puerta del ascensor se abre cuando Amanda termina de pronunciar la última palabra. Subimos en silencio, la observo y veo que tiene un tic; se toca los anillos que sigue llevando juntos en el mismo dedo con otro y les hace dar vueltas.

No sé por qué sigue llevándolos, y tampoco sé por qué diablos me importa tanto que los lleve, pero de momento no voy a cuestionármelo. Ya tengo demasiadas preguntas.

Salimos del ascensor y Amanda saca el móvil del bolso que lleva colgando del hombro.

—Tim —me detiene en medio del pasillo—, sé que antes te he dicho que a las seis iría a buscar a Jeremy pero...

—¿Sí?

—No quiero tener esta conversación mirando el reloj.

—Yo tampoco.

Amanda coge aire y lo suelta despacio.

—Llamaré a mi abuela para que lo recoja ella en el colegio y después, si quieres, te llevo a conocerlo.

—¿Celine está aquí?

Dios, no puedo creerme que la noche que fui a buscar a Amanda no me diese cuenta de que su abuela no estaba.

—Sí —traga saliva antes de seguir—, se vino conmigo cuando me fui de Boston.

—Está bien, llámala. Pero pase lo que pase en esta habitación, quiero conocer a Jeremy hoy. ¿De acuerdo?

Amanda asiente y se aleja unos pasos para hacer la llamada. Yo abro la puerta y la dejo ajustada para que Amanda entre cuando termine la llamada. Mientras espero me acerco al balcón que he ignorado antes. La vista de la ciudad es preciosa y la luz del atardecer le da un aire mágico. La luna está en el cielo y durante un instante tengo la sensación de que me sonríe. Es absurdo. Me aparto, está comprobado que el aire francés no me sienta bien, y me dirijo al mueble bar para servirme un whisky. Lo vacío de un trago y me sirvo otro.

—Esta noche no llevas corbata.

La voz de Amanda me coge por sorpresa y me giro a mirarla. Ha cerrado la puerta y estamos solos en una habitación con una cama enorme en el fondo. Sí, esto va a terminar muy mal.

—No, no llevo nunca, si puedo evitarlo —le contesto—. ¿Te apetece tomar algo?

—Lo mismo que tú.

Deja el bolso en una banqueta que hay junto a la entrada y camina hasta el balcón. La veo observar la vista y yo, mientras, la observo a ella. Lleva un vestido azul que le resalta el color de los ojos. Sigue teniendo las piernas más perfectas que he visto nunca y me imagino que sigue corriendo. Juntos solo corrimos una vez, fue un desastre porque me pasé el rato mirándola y cuando entramos en casa me abalancé encima de ella y le hice el amor en medio de la escalera.

Carraspeo y me dirijo hacia ella con la copa en la mano.
—Toma.

Amanda la acepta, le tiemblan los dedos y se asegura de no rozar los míos.

—¿Dónde están los papeles del divorcio? —me pregunta.

Cuando no se olvida

Yo giro el rostro y señalo la mesa que hay detrás de nosotros con el mentón. Camina hasta allí, deja la copa medio vacía al lado del sobre y lo abre. Saca los papeles, desliza los ojos por encima del texto con rapidez sin prestar ninguna atención a los detalles, coge el bolígrafo que hay junto a un bloc de notas cortesía del hotel y los firma.

Y tengo que morderme la lengua y clavar los pies en el suelo para no detenerla.

CAPÍTULO 16

—Ya están firmados —susurra al estampar la última firma. Vuelve a doblarlos con cuidado y los guarda de nuevo en el sobre. Después, deja el bolígrafo donde estaba y se termina el vaso de whisky.

—¿Por qué no los firmaste cuando te los mandé hace años?

Estoy de pie frente al balcón y ella sigue sentada. Noto que me recorre con la mirada, sus ojos se detienen más de un instante en los míos, en la barba que siento oscureciéndome la mejilla (no me he afeitado desde que me subí al avión), en mis labios.

—Porque quería fingir que no me los habías enviado. Sé que te parecerá una estupidez, y lo es. Fui yo la que se fue. Supongo que tendría que haber asumido las consecuencias de mis actos, firmar los papeles y devolvértelos, pero no pude.

—¿Por qué?

—Porque no quería perderte.
—No me perdiste, Amanda, me echaste de tu lado. Te fuiste. Hiciste una maleta y te largaste.
—Lo sé.
—Dime por qué.
—Por ti.

Mi corazón se ha negado a seguir latiendo y la sangre de todo el cuerpo me ha hervido de repente.

—No, Amanda. ¡No! No tienes derecho a decirme esto. No te atrevas a decirme que me destrozaste la vida por mi bien porque te juro que no respondo.

Me quedo inmóvil donde estoy porque, si doy un paso hacia ella, la cogeré en brazos, y ahora mismo necesito mucho más seguir escuchándola que tocarla.

Amanda agacha la cabeza y se seca unas lágrimas.

—¿Te acuerdas de una noche que fui a ayudar a Jason con otra cena?
—Por supuesto que me acuerdo.
—Conocí a tus padres.

Se me oprime el pecho y me acerco a ella, quiero mirarla y siento la necesidad de protegerla porque instintivamente sé que esa noche mis padres le hicieron daño.

—¿Qué sucedió? ¿Qué te hicieron? —Me agacho a su lado y le cojo las manos—. ¿Por qué no me lo contaste?

Amanda tiembla y le caen más lágrimas. Pero levanta el rostro para contenerlas y retoma el relato.

—No quería hacerte daño, Tim. Primero no sucedió nada, vi que me miraban y al cabo de pocos minutos se acercaron a hablar conmigo. Yo estaba detrás de una barra sirviendo bebidas y le pedí a Rose, ¿te acuerdas de Rose?, que me sustituyera.

—Me acuerdo de Rose. —Le acaricio el reverso de la mano.

—Rose se quedó en la barra y yo seguí a tus padres hasta una esquina del salón. Se presentaron y me dieron dos besos y yo pensé que tal vez habían cambiado de opinión respecto a nuestro matrimonio y querían reconciliarse contigo. Tu madre se fue enseguida, dijo que quería saludar a una amiga, y tu padre se quedó hablando un rato conmigo.

—¿Qué te dijo?

A Amanda se le escapa un sollozo.

—Me dijo que no me tomase a mal que ya te hubieses fijado en otra, que era normal que un hombre como tú se arrepintiera de haberse casado con una mujer como yo. Me dijo que solo lo habías hecho para provocarlo.

—Voy a matarlo.

—No le creí —Amanda me detiene—. No le creí, te lo prometo. Le dije que era patético que intentase separarnos con esas técnicas de culebrón y le dejé allí plantado. Por eso no te lo conté, no quería hacerte daño y sabía que te dolería saber que tu padre había mentido sobre ti y que había intentado separarnos.

—Entonces, si no le creíste, ¿por qué te fuiste?

—Unos días después de esa fiesta, tú y yo volvimos a discutir. Tú querías pagar la reforma del jardín y yo te dije que no, que yo también quería colaborar y que podíamos hacerlo despacio.

—Lo recuerdo. Fue una de nuestras peores discusiones.

—En medio de la discusión me dijiste que estabas harto de que todo fuera tan difícil, de que no entendiera jamás tu punto vista.

—No lo recuerdo.

Cuando no se olvida

—Yo te dije que tú tampoco entendías el mío, que para mí era muy importante que supieras que no me había casado contigo por tu dinero. Estabas furioso, no parabas de decir que yo era incapaz de aceptar tu ayuda, que lo anteponía todo a estar contigo. Yo me defendí y te acusé de no conocerme lo más mínimo y entonces tú me dijiste que tal vez tuviera razón, que tal vez no me conocías y que había sido un error casarte conmigo sin conocerme.

—No lo dije en serio.

La escena que me ha descrito Amanda ha aparecido en mi mente y con ella los sentimientos que me embargaron en ese momento.

—Te fuiste sin decirme nada, me dejaste allí sola llorando. Al cabo de unos días recibí un sobre en casa de mis padres, dentro había una foto tuya sentado en una mesa charlando animadamente con una chica muy guapa.

—¿Una foto mía?

—Sí, estabas en casa de tus padres, era una cena de gala o algo por el estilo, y sonreías mientras hablabas con esa chica. Hacía muchos días que no te veía sonreír de esa manera conmigo y me puse a llorar.

—¿Por qué no me lo dijiste? ¿Por qué no me enseñaste la foto y me pediste que te diera una explicación?

—Tenía veintiún años, Tim, estaba casada con el hijo de un senador, con un chico que parecía sacado de un cuento de hadas. Tenía miedo de enseñarte la foto y de que me dijeras que habías cometido un error eligiéndome a mí y no a ella, a la chica de la foto.

—Yo jamás te habría dicho eso, Amanda. Jamás habría elegido a nadie antes que a ti. Me condenaste sin darme la oportunidad de defenderme.

Le suelto las manos y me levanto.

—¿Todavía tienes esa foto?

—No, creo que la rompí. Deduje que me la había mandado tu padre o alguien en su nombre. Me pareció despreciable, y lo cierto es que intenté olvidar que la había visto, pero tú y yo seguíamos discutiendo.

—Discutíamos porque tú te negabas a dejar que te ayudase. Te negabas a aceptar que mi dinero era nuestro dinero.

—Y porque tú te negabas a entender que quería demostrarte que estaba contigo solo por ti.

—Así que me abandonaste porque viste una foto mía hablando con otra mujer y por dos o tres discusiones.

—No —afirma entre dientes—. Tu padre vino a verme un día en la universidad, me estaba esperando dentro de un coche negro cerca de mi facultad. Me pidió que entrase y me enseñó una nota que le escribiste cuando nos casamos.

Recuerdo esa nota, mierda. Siempre me he arrepentido de haberla escrito.

—Estaba furioso con él el día que la escribí. No debería haberlo hecho y tendría que habértelo contado. Entonces habría perdido el poder de hacernos daño.

—Le escribiste a tu padre que te casabas conmigo para protegerme, para que no pudiese hacerme daño ni a mi familia ni a mí. Le dijiste que si me atacaba a mí, atacaría el apellido Delany que él tanto defendía, y que cuando llegase el momento, ya lo arreglarías. Escribiste «cuando llegue el momento, ya lo arreglaré». Tu padre me contó que de pequeño siempre hacías lo mismo, que eras de los que saltaba sin mirar y que después te ocupabas de arreglar los desperfectos. Me dijo que no tenía de qué preocuparme, que cuando te arrepintieras de haberte casado conmigo serías muy generoso con el divorcio. Se rio y antes de despedirme me aconsejó que estuviera alerta, que las señales no tardarían en aparecer.

—¿Qué señales?

—Me dijo que cuando tuvieras a otra mujer empezarías a hacerme regalos, a compensarme por tu infidelidad y por tu futuro abandono.

—Y le creíste —le recrimino furioso.

—Escribiste «cuando» Tim, no «si». Dios. —Se levanta de la silla y se acerca a la ventana—. Tenía veintiún años, solo hacía unos meses que nos conocíamos y ya estábamos casados. Tú mismo me habías dicho días antes que te arrepentías. No quería oírtelo decir otra vez.

—Te fuiste sin decirme nada, Amanda. No me diste la oportunidad de defenderme, de demostrarte que tus miedos eran infundados. Huiste como una cobarde, y nunca había creído que lo fueras. Tú siempre luchabas para lograr tus sueños, para protegerlos. Pensé que si no habías luchado por nosotros, por mí, no debías de quererme como afirmabas.

—El día que me fui no fue premeditado —sigue, pero ahora ya no me mira, relata los hechos con más frialdad, sin emoción incluso—; salí a correr como cada mañana. Tú habías salido antes porque habías quedado con tu agente. Yo corrí sin pensar muy bien dónde iba, correr me ayudaba a pensar y esos días lo necesitaba especialmente. Al cabo de un rato me detuve en el parque a descansar y entonces te vi.

—¿Me viste?

—Sí, salías de un edificio acompañado por la joven de la fotografía. Hacíais muy buena pareja.

—Sylvia —adivino de repente—, me viste con Sylvia. Es la hija de unos amigos de mis padres. Nunca pasó nada entre nosotros, aunque no sé por qué me defiendo. Creo que se casó con su novio de la universidad y tienen tres hijos. Me la encontré de casualidad, creo recordar que estaba en ese edificio visitando a una amiga. El día de la cena de la fundación de Max estaba sentada a mi lado.

—Iba a acercarme a ti, iba a cruzar la calle, cuando me sonó el móvil. Era mi padre, me dijo que había recibido un ingreso en su cuenta, una cantidad más que considerable.

Me froto la frente y adivino el resto. No me resulta difícil, fui yo el que hizo ese ingreso.

—Solo quería ayudar, le dije a tu padre que me sentía parte de la familia y que quería colaborar con el restaurante. Tu familia me recibió con los brazos abiertos y tú y yo siempre discutíamos por eso, pensé que era una buena solución para todos.

—Te creo. Te aseguro que ahora creo de verdad que no tenías ninguna mala intención, pero entonces, en ese momento, todo adquirió otro sentido. Te vi con esa chica tan perfecta y recordé las palabras de tu padre. Creo que ni siquiera tomé conscientemente la decisión de abandonarte, sencillamente quería alejarme de ti para dejar de sentir tanto dolor. Creí morir, Tim.

—No puedo disculparme por algo que no he hecho, Amanda.

—Hice la maleta y me fui, me dije que si de verdad eras inocente vendrías tras de mí.

—Y fui detrás de ti, pero no te encontré.

—Ahora me has encontrado —me recrimina.

—Pero ahora ya es tarde —reconozco en voz alta. No

podemos volver atrás y me doy cuenta de que no puedo perdonarle que no confiase en mí, que destrozase mi vida por un absurdo—. Dijiste que me amabas y no te quedaste, Amanda.

Entonces se gira despacio, tiene lágrimas en los ojos cuando me mira.

—No me quedé, pero tú no me dijiste nunca, ni una sola vez, que me amabas. Tal vez por eso me resultó tan fácil irme.

—Dios, Amanda, por supuesto que te...

—No, no quiero oírlo. Ahora ya sabes toda la verdad y aunque sin duda a estas alturas parece absurda y ridícula, es la única que tengo. —Se frota furiosa el rostro y se aferra a ese valor tan inherente en ella que siempre la ha hecho tan bella—. Creo que es mi turno.

—¿Tu turno?

—Sí, yo te he contado por qué me fui, así que quiero saber por qué has venido aquí, a París, precisamente ahora y no hace años.

—La noche que te fuiste te busqué como un loco, fui a todas partes. Me enfrenté a mi padre, creía que te había amenazado y que te había obligado a irte, pero él me dijo, con una sonrisa de oreja a oreja, que no había tenido nada que ver. En su momento le creí, pero ahora sé que aunque no te amenazó con una pistola ni intentó chantajearte, su aparición sin duda contribuyó a que te fueras. Siempre ha sido un hijo de puta muy retorcido. Después fui a casa, estaba convencido de que aparecerías de un momento a otro, que no eras capaz de irte sin hablar conmigo, pero entonces me llamaste.

—Estaba muy dolida, Tim. Tú no estabas en casa y en

mi mente te veía con esa chica y oía la voz de mi padre diciéndome que había recibido todo ese dinero. —Su voz ha recuperado emoción, pero no dejo que me afecte—. Te llamé porque quería oír tu voz, porque quería que dijeras algo que me hiciera cambiar de opinión.

—Te pedí que volvieras a casa.

—No me bastó con eso —reconozco dolida.

—Se suponía que confiabas en mí, Amanda. Eras mi mujer, estábamos casados. Lo eras todo para mí. Dios, después de hablar contigo perdí la cabeza. Me emborraché y no salí de casa hasta que Mac vino a darme una patada en el culo y me obligó a centrarme. Para entonces había llegado a la conclusión de que te habías cansado de mí, de nosotros. Pensé que si tú no estabas dispuesta a seguir a mi lado, yo no iba a suplicártelo. Y pensé que volverías. Joder, Amanda, pensé que volverías. Pero pasaron los días y no volviste. Y después pasaron los años. Una noche te eché tanto de menos que decidí que no podía seguir así, esperándote, y a la mañana siguiente pedí que preparasen los papeles del divorcio. Pero ni así viniste a verme. Dejé de esperarte, Amanda, y sí, supongo que dejé de buscarte.

—Al final me has buscado, ¿por qué?

—Conocí a una chica, una chica maravillosa. —Veo que tensa los hombros, no disfruto haciéndole daño—. Íbamos a casarnos así que pedí a un abogado que se asegurase de que todos mis papeles estaban en regla. Fue él el que me dijo que nunca habías llegado a firmar los papeles del divorcio. Cuando me escribió diciéndome que todavía estábamos casados y que tú vivías en París y que tenías un hijo, rompí con Susan y cogí el primer avión hacia aquí.

—¿Ella se llama Susan?

Cuando no se olvida

—Sí.
—¿No le habías contado que estabas casado?
—No. Excepto Mac, tu familia y mis padres nunca lo ha sabido nadie—. Me froto la frente—. ¿Por qué inscribiste mi nombre en la partida de nacimiento de Jeremy?
—Porque eres su padre. No quería mentir sobre eso.

Ella y su extraño y particular sentido de la honestidad. No puede decir esas cosas y pensar que no voy a reaccionar, no después de tanto tiempo y de ser capaz, como es, de ver dentro de mí.

Camino hasta ella.

—No podemos volver atrás, Amanda. No tiene sentido.
—Lo sé. Nuestras vidas son muy distintas, tú tienes que seguir con la tuya y nosotros con la nuestra.
—Yo no he dicho eso.
—No, pero es la verdad.

Levanto las manos, me tiemblan y no dejan de hacerlo hasta que le sujeto el rostro con ellas.

—No podemos estar juntos, Tim, siempre ha sido imposible. Y ahora ya no tiene sentido.
—Cállate.
—No. —Niega con la cabeza, pero me sujeta las muñecas con la mano y no me aparta—. No, por favor.
—Voy a besarte, Mandy.
—Antes me has dicho que me odias.
—Después seguiré odiándote por lo que nos has hecho, pero ahora voy a besarte.

CAPÍTULO 17

AMANDA PERRAULT

Le dejo que me bese, noto sus labios en los míos, acariciándolos despacio. Su lengua se desliza por ellos, su aliento me roza la piel y me hace temblar. Debería apartarlo antes de que sea demasiado tarde.

Ya lo es, con Tim siempre ha sido demasiado tarde.

Suena el móvil y abro los ojos. Tim no me ha soltado y no parece tener intención de hacerlo.

—Tengo que contestar, podría ser mi abuela —le digo a media voz.

Se aparta manteniendo los ojos fijos en los míos.

Busco el móvil por el bolso y descuelgo la llamada.

—¿Abuela?

—No te preocupes. —Odio cuando una frase empieza así—. Jeremy se ha hecho daño, se ha caído jugando al fútbol y creen que se ha roto una pierna. Vamos al hospital.

—¿A qué hospital?

Tim aparece a mi lado de inmediato mientras la abuela me pasa los datos.

—Voy para allí.

Le cuelgo y guardo el móvil en el bolso. Celine me ha asegurado que no hace falta pero es la primea vez que Jeremy se hace tanto daño y no se me pasa por la cabeza no estar a su lado. Busco a Tim con la mirada para decirle que tengo que irme, pero él habla antes que yo.

—Ni se te ocurra decirme que no te acompañe. Puedes decirle a Jeremy que soy un viejo amigo de Estados Unidos, me da igual, pero no voy a quedarme aquí mientras mi hijo está en el hospital.

Me da un vuelco el corazón al oírle hablar así, aunque no debería. Tim y yo no hemos solucionado nada y por lo que sé él volverá a Boston dentro de unos días. Pero me basta con mirarle para saber que no voy a convencerlo de que espere aquí y yo estoy impaciente por irme y estar con Jeremy.

—De acuerdo —accedo, y él abre la puerta de la habitación.

Confieso que tener a Tim a mi lado en un momento como este es reconfortante. Él se ha ocupado de detener un taxi y le ha dado el nombre del hospital junto con una propina para que se diese prisa. Durante el trayecto me ha cogido la mano y me ha estrechado los dedos al detectar mi más que evidente preocupación. Me he dado cuenta de lo distinto que es hacer frente a los problemas cuando estás sola. Celine me ha sido de mucha ayuda durante todo este tiempo, no sé qué habría hecho sin ella, pero ha habido momentos donde me habría gustado tener a alguien de verdad a mi lado. No a cualquiera, ese alguien siempre ha sido y será Tim.

El taxi se detiene frente al hospital y bajamos lo más rápido que podemos. Tim ha vuelto a darme la mano y no parece dispuesto a soltármela. Entramos en urgencias y no tardo en ver a Celine.

—Abuela —la llamo y ella se gira hacia nosotros—. ¿Dónde está Jeremy?

—Se lo han llevado a hacer una radiografía —me contesta mirando a Tim—. Hola, Tim, creía que llegarías antes.

Tim le sonríe.

—Yo también, Celine, yo también. Me alegro mucho de verte.

—Yo todavía no sé si puedo decir lo mismo.

Tim asiente y da por concluidos once años de silencio entre mi abuela y él. Ojalá también fuera tan fácil entre nosotros.

—¿Qué ha sucedido? —le pregunto a Celine.

—Estaban jugando al fútbol y Jeremy ha chocado con otros dos jugadores que le han caído encima de la pierna cuando la tenía en una mala postura.

—¿Estaba asustado?

—¿Asustado? —la abuela me mira incrédula—. Tu hijo estaba furioso porque iba a marcar gol y porque dice que ahora se perderá el resto de la liga.

Suspiro aliviada a pesar de que el corazón todavía me late descontrolado y noto que Tim me aprieta los dedos y toca con el índice los anillos que llevo en uno de ellos. Me giro a mirarle y veo que sonríe.

—Ni una palabra —le digo entre dientes.

Las puertas de urgencias se balancean y aparece Jeremy sentado en una silla de ruedas con una pierna enyesada. La mano de Tim cae inerte a mi lado. Sí, Jeremy es idéntico a Tim y él se ha dado cuenta nada más verlo. Tiene su mismo pelo rubio oscuro, su misma sonrisa, los mismos hoyuelos, y de mayor tendrá la misma constitución física.

—Hola, mamá —me saluda Jeremy, cuya mera presencia ha provocado que el mundo del hombre que tengo al lado cambie de eje—. Mira, me han dicho que cuando esté seco mis amigos pueden hacerme dibujos y firmármelo.

Me acerco a Jeremy y le doy un abrazo y un beso en la mejilla.

—¿Te encuentras bien? ¿Te duele mucho?

—Un poco —reconoce sincero—, y no me gustan las muletas. No sé cogerlas.

—Yo te enseñaré.

Tim está detrás de mí, ha colocado una mano en mi espalda y la voz le ha sonado muy rasposa.

—¿Tú quién eres? —Jeremy suelta a bocajarro la pregunta.

—Soy Tim —le tiende una mano.

Jeremy la observa unos segundos antes de aceptarla, y cuando lo hace se la estrecha con una sonrisa.

—Hola, Tim, yo soy Jeremy. Iba a marcar un gol.

—Eso me han dicho.

La abuela me tira del brazo para señalarme que el médico que ha atendido a Jeremy me está esperando para darme el informe y explicarme qué ha sucedido. Tim y Jeremy están hablando de fútbol como si se conocieran de toda la vida y me alejo de ellos. El médico me cuenta que, efectivamente, Jeremy se ha roto la tibia y que tendrá que llevar ese yeso durante un mes. Es una rotura limpia así que, si se porta bien, el hueso se soldará sin problemas y seguirá creciendo con normalidad. Me despido del doctor y la abuela y yo nos quedamos solas observando a Tim con Jeremy.

—Ya era hora, ¿no te parece?

La abuela nunca ha estado de acuerdo en que le ocultase a Tim que tenía un hijo.

—No sé cuánto tiempo va a quedarse —le digo para no tener que contestar a su pregunta—. Tal vez quiera volver mañana a Estados Unidos.

Celine me responde con un indigno bufido y se acerca a Jeremy.

—Vamos —le oigo decirle—, en pie, muchacho.

Tim le aguanta las muletas a Jeremy y le ayuda a cogerlas.

—Mamá, ¿puede venir Tim a casa?

Tim me mira y a juzgar por cómo levanta las cejas deduzco que no ha sido idea suya.

—No sé, Jeremy. Tim ha llegado hoy de Boston y probablemente esté muy cansado.

—No estoy cansado.

—¿Lo ves, mamá? —sonríe Jeremy—. No está cansado. Di que sí.

Desvío la mirada hacia Celine en busca de ayuda y veo que no va a prestármela, está disfrutando demasiado con el espectáculo.

—Está bien —accedo—, si Tim quiere, puede venir a casa.

Vamos a casa en un taxi. Jeremy no para de hablar con Tim, le cuenta anécdota tras otra, la abuela sonríe por lo bajo y desvía la mirada de mí hacia ellos de tanto en tanto. Yo no creo que pueda soportar ninguna emoción más.

Cuando no se olvida

La conversación con Tim, el beso que iba a darme, la llamada de la abuela diciéndome que Jeremy se había hecho daño...

Ver a Tim y a Jeremy juntos por primera vez.

Cierro los ojos y apoyo la cabeza en el respaldo del asiento del coche. Unos minutos más tarde noto una mano apretándome suavemente el hombro, intentando aliviar la tensión que hay allí acumulada.

—¿Estás bien, Amanda?

La voz de Tim se cuela por mis párpados y me obliga a levantarlos.

—Sí —contesto un poco confusa—, ¿hemos llegado?

Miro por la ventana y veo el portal de casa. La abuela Celine va sentada delante junto al conductor y Tim y yo estamos detrás con Jeremy en medio.

—Sí —me contesta la abuela al abrir la puerta.

Tim aparta la mano de mi hombro, pero al hacerlo me acaricia el cuello con los dedos. Yo miro preocupada a Jeremy pero él está investigando la terminación del yeso y no se ha dado cuenta de nada. Tim sale del taxi con las muletas en la mano y ayuda a Jeremy, que le hace caso en todo lo que le indica.

No, definitivamente no estoy preparada para ver a Tim en mi casa con mi hijo, ayudándolo a hacer los deberes o cosas por el estilo, pero al parecer no tengo elección. Cojo aire y Tim, cómo no, se da cuenta y después de asegurarse de que Jeremy sujeta bien las muletas, se acerca a mí.

—No pienses en nada, solo voy a subir a acompañaros y me quedaré un rato. Después me iré y mañana hablaremos. ¿De acuerdo?

—De acuerdo —suelto el aliento.

La rabia que impregnaba a Tim antes parece haberse desvanecido ante mi preocupación y mi estado de nervios y ahora me trata con la delicadeza de la que enamoré y que tanto he echado de menos. No puedo decírselo, tal vez solo me está dando una tregua, pero me resulta casi imposible contener las ganas de abrazarlo e inhalar profundamente para volver a sentir su fuerza extendiéndose dentro de mí.

Tim, ajeno, gracias a Dios a mis pensamientos, se da media vuelta y vuelve a dirigirse a ayudar a Jeremy, pero se detiene y gira sobre sí mismo.

—Gracias, Amanda.

¿Qué va a ser de mí?

En casa Tim ayuda a Jeremy a instalarse en el sofá con el pie en alto bajo unos cojines. Veo que se fija en la decoración del salón pero que no curiosea. Cuando la abuela toma asiento también en el sofá cerca de Jeremy, Tim se aleja y viene a la cocina, donde yo estoy preparando la cena. O intentándolo.

—¿Puedo ayudar?

—¿Cuándo vuelves a Estados Unidos?

Corto la cebolla a cubos y no le miro. Le oigo respirar despacio y pasados unos segundos sus pisadas se acercan a mí.

—Esta noche, aunque sea solo durante un rato, quiero fingir que no llevo once años sin verte y que no acabo de ver a mi hijo por primera vez. Si alguna vez me quisiste de verdad, deja que lo haga.

—Tim...

—Por favor.

—Está bien —accedo al sentir ese «por favor» acariciándome la piel del rostro cuando él se pega a mi espalda.

Cuando no se olvida

—Gracias.

Se agacha, me da un beso en la mejilla y se aparta. Tras carraspear, vuelve a preguntarme:

—¿Puedo ayudar?

—Claro —le contesto tras coger aire—, puedes poner la mesa. El mantel y las servilletas están en ese armario. Coge el que quieras.

Veo por el rabillo del ojo que Tim rodea la barra que separa la cocina del comedor y que abre el armario que le he indicado. Antes de tender el mantel, aparta el periódico y las revistas que hay encima de la mesa y deja unos lápices de Jeremy en la barra.

—¿Qué estás cocinando? —me pregunta.

—Lasaña, es el plato preferido de Jeremy.

—¿Me estás haciendo lasaña, mamá? —pregunta eufórico Jeremy desde el sofá—. ¡Qué bien! ¿Y de postre podré comer mermelada de melocotón? —Empiezo a sonrojarme. Menos mal que no me ve nadie y sigo cortando la cebolla—. ¡Tim! —grita Jeremy—, tienes que probar la mermelada de melocotón de mamá.

Oigo un golpe seco y me doy media vuelta. Tim ha chocado de bruces contra una cajonera y casi la tira al suelo. Está tan sonrojado como yo.

—Perdón —farfulla.

—¿Estás bien? —le veo frotarse una rodilla.

—Sí, no te preocupes —me sonríe—. Estoy bien.

Se aparta de la cajonera y viene de nuevo a la cocina. Sin decirle nada más, le paso unos tomates y un cuchillo junto con una tabla de cortar y él los acepta también en silencio y empieza a cortarlos.

Durante la cena Jeremy nos cuenta con lujo de detalle

cómo se ha roto la pierna y Tim le pregunta por ese partido y por su afición a los deportes. Jeremy le responde sin parar y va saltando de un tema de conversación a otro, pasa de hablar de sus amigos al último libro que ha leído y después critica al profesor de Matemáticas. Hasta que de pronto, como si se le acabasen las pilas, empieza a bostezar.

—Deberías ir a acostarte —le digo—, mañana tendrás que ir al colegio. No creas que vas a librarte.

—Vaya —se queja Jeremy, pero un bostezo le quita seriedad a su queja.

—Vamos, campeón, te llevo a la cama. Yo también quiero acostarme. —La abuela Celine se pone en pie y ayuda a Jeremy a levantarse—. Buenas noches, Amanda. Buenas noches, Tim.

Jeremy coge las muletas y se apoya en ellas.

—Buenas noches, mamá. Buenas noches, Tim, hasta mañana.

Jeremy y la abuela desaparecen por el pasillo y Tim y yo nos quedamos sentados en la mesa. Es una mesa redonda, ahora el mantel a cuadritos blancos y marrón claro está machado de tomate y de unas gotas de vino. Siento la mirada de Tim en la piel y cuando llega a mis ojos lo que iba a decirle se desvanece de mi mente. Él respira despacio, con la mano derecha arruga la servilleta y la suelta para apoyarse en la mesa con ambas manos y besarme.

Noto el sabor de la lasaña y del vino en sus labios, que utiliza para separar los míos y meterse dentro de mí. A pesar de la pasión con la que ha empezado, me besa despacio, perdiéndose en cada rincón de mi boca. Mueve la cabeza, nada más, y se aparta tan de repente como se ha acercado.

Cuando no se olvida

Pero no se aleja del todo, me mira a los ojos y suelta el aliento.

—No digas nada —me pide.

Respira profundamente y vuelve a sentarse en la silla, aunque solo se queda quieto un instante, pues se levanta y empieza a recoger los platos que hay en la mesa. Cuando le veo llevarlos a la cocina y abrir el grifo del agua, consigo reaccionar. Me levanto y recojo las copas y los cubiertos que quedan. Los llevo a la cocina y él me los quita de las manos para lavarlos.

Tim necesita esa tregua tanto como yo, tal vez más, reconozco, él acaba de conocer a su hijo. Le dejo en la cocina con los platos y vuelvo al comedor. Doblo el mantel y las servilletas para lavarlos, cojo mi cuaderno de recetas y un lápiz y pongo en marcha el iPod que tenemos encima de la cajonera con la que Tim ha chocado antes.

El grifo del agua se cierra, Tim se seca las manos con un paño y se acerca a mí.

—¿Puedo recogerte mañana a las cuatro en el restaurante?

—Tim, no sé si es buena idea.

—No quiero irme de aquí, ahora mismo te cogería en brazos y te llevaría a la cama. Te desnudaría y te haría el amor. Y mañana por la mañana volvería a hacértelo antes de acompañar a Jeremy al colegio. Sé que sería precipitado y que probablemente dentro de una semana, o de un mes, tú volverías a desconfiar de mí y de mis sentimientos, así que voy a irme a pesar de que mis instintos me piden a gritos que me quede.

—Nos has encontrado porque ibas a casarte con otra mujer, Tim. No puedes borrar eso, ni los once años que hemos estado sin vernos, solo porque hayas cenado una noche con nosotros.

—Tienes razón, y no pretendo hacerlo. Hace once años me enamoré de ti en dos noches, esta vez solo he necesitado una. Hace once años los dos cometimos muchos errores y el más grave fue rendirnos. No voy a volver a hacerlo, y no dejaré que lo hagas. Dime a qué hora puedo verte mañana o me presentaré en el restaurante igual que he hecho hoy y, si no estás allí, vendré aquí.

—Si quieres ver a Jeremy puedes...

—No —me interrumpe—, por supuesto que quiero ver a Jeremy, pero también quiero verte a ti. No, deja que vuelva a decir eso. Quiero verte a ti, sin el también. Quiero verte, Amanda. Tú siempre has sido la única persona que me ha visto a mí.

—No puedes decirme estas cosas, Tim. Antes me has dicho que me odias, ¿lo has olvidado?

—En lo que respecta a ti, yo nunca olvido nada.

—Tim...

—¿A qué hora, Amanda?

—A las cuatro, en el restaurante —accedo, pero solo porque quiero saber qué planes tiene respecto a Jeremy y cuándo piensa volver a Boston, no porque mi estúpido corazón esté dando saltos de alegría después de haberle oído decir que se ha enamorado de mí.

—Perfecto, allí estaré. Gracias por darme esta noche, Amanda.

Camina hasta la puerta y se va.

CAPÍTULO 18

Me paso la noche soñando con Tim.

No es la primera vez en estos últimos once años que sueño con él, evidentemente, pero en el sueño de anoche Tim ya no era el chico de veintitrés años del que me enamoré demasiado deprisa, era el hombre que anoche me dijo mirándome a los ojos que no iba a rendirse y que no iba a permitirme que me rindiera.

Mentiría si dijera que no estoy tentada de creerle pero mis miedos de antes también han reaparecido, y ahora también tengo que pensar en Jeremy. No puedo huir como una niña asustada.

Jeremy se despierta hablando de Tim, le ha parecido muy divertido y muy listo, y viniendo de él eso son dos grandes cumplidos. Tim es el primer hombre que cena con nosotros en casa sin ser de la familia. Jeremy no ha dicho nada, pero estoy segura de que no le ha pasado por alto ese detalle. Después de desayunar y de esquivar las incontables preguntas que Jeremy tiene sobre Tim, vamos al colegio. Hoy le llevo yo la mochila, Jeremy ya tiene bastante con las muletas, y cuando llegamos todos sus amigos se acercan para ver y tocar la escayola de la que él presume orgulloso. Consigo que me dé un beso antes de irme y me dirijo al restaurante.

Paso por el mercado, aunque las tiendas repletas de productos frescos capturan mi atención durante unos minutos; en realidad, nada consigue que deje de pensar en Tim y en lo que pasó ayer. Hay partes del Tim de mi memoria que no existen en el que vi ayer y han aparecido otras nuevas. Es inevitable que me pregunte cómo sería él si yo me hubiese quedado, y cómo sería yo.

Cuando me fui estaba muy enamorada de Tim, pero él tiene razón cuando me reprocha que no confié en él ni en nosotros. Me dejé llevar por mis miedos y por mi cobardía, preferí dejarle a que me dejara y ni siquiera tuve el valor de decírselo en persona. Él tiene razón, presumía de ser una chica capaz de luchar por sus sueños, dispuesta a defenderlos ante cualquiera, y cuando llegó la hora de la verdad no fui capaz de cuidar de lo mejor que me había pasado en la vida. Y, si lo pienso ahora, me parece ridícula la obsesión que tenía en rechazar la ayuda económica de Tim. Él también tenía razón en eso y lo único que de verdad me impedía aceptar su dinero no eran esas grandes teorías mías sobre valerme por mí misma, era mi orgullo.

Y el orgullo también me impidió llamarle cuando descubrí que estaba embarazada o cuando recibí los papeles del divorcio. Me sentía tan ofendida por que él no hubiese removido el cielo y la tierra para encontrarme, por que no hubiese aparecido en medio de París pidiéndome que volviera con él, que no se me ocurrió pensar que no venía porque no podía; porque yo le había hecho tanto daño que no veía ningún motivo para luchar por mí.

Si no hubiese sido tan orgullosa, si mi visión del amor no hubiese sido tan infantil y tan egoísta, me habría dado cuenta de que me tocaba a mí, a mí, y no a él, ir detrás del otro.

—Oh, Dios mío.

¿Cómo he podido estar tan equivocada durante tanto tiempo? ¿Cómo fui capaz de hacerle tanto daño al hombre que amaba, y a mí?

—¿Se encuentra bien, señorita? —me pregunta la mujer que regenta la verdulería.

—Sí —farfullo para tranquilizarla, pero no lo estoy.

¿Cómo voy a estarlo? Abandoné al amor de mi vida, a mi marido, porque las cosas no salían como yo quería, y desconfié de él en cuanto apareció una excusa a la que pude aferrarme.

No tendría que haberle ocultado que tenía un hijo, no tendría que haberme ido sin hablar con él. Tendría que haberle contado que había conocido a sus padres en esa fiesta, lo de esa fotografía, que le había visto ese día cuando me detuve en el parque. Tendría que haber discutido con él una vez más. Mil veces más. Las que hubiesen sido necesarias hasta encontrar el modo de seguir adelante y proteger nuestro amor.

No tendría que haberme ido.

Me llevo una mano a los labios, me tiemblan y voy a ponerme a llorar allí en medio del mercado. Recuerdo la noche que vi a Tim por primera vez, recuerdo que pensé que había sufrido demasiado. Me prometí no hacerle daño.

Cuando no se olvida

Tal vez nuestro matrimonio no habría funcionado, tal vez somos imposibles de verdad. Pero nos arrebaté la posibilidad de intentarlo.

No puedo volver a hacerlo. No puedo ser tan cobarde por segunda vez en la vida, no cuando mi corazón lleva once años incompleto porque Tim no está a mi lado.

Tim ha vuelto y por algún milagro todavía me besa y quiere estar conmigo. ¿Por qué diablos no estoy con él? ¿Por qué insisto en mantener las distancias? Me estoy comportando como una cobarde y ahora es cuando tengo que ser valiente de verdad.

Busco el móvil en el bolso y le mando un mensaje a mi ayudante de cocina. Le digo que no voy a ir en todo el día y la pongo al mando del restaurante; está perfectamente capacitada y con los preparativos de ayer no va a tener ninguna dificultad en sobrellevar la jornada. En cualquier caso, en cuanto vuelvo a guardar el teléfono me olvido por completo del tema, yo tengo algo mucho más importante que hacer.

Lo más importante que he hecho nunca.

Detengo un taxi y le doy el nombre del hotel donde se aloja Tim. Cuando llego cruzo el vestíbulo decidida y me dirijo al primer ascensor disponible. Estoy muy nerviosa, me sudan las palmas de las manos y creo que el corazón va a treparme por la garganta, pero mientras subo a la planta donde se encuentra la habitación no me planteo ni por un segundo que Tim esté acompañado. He madurado, pienso tristemente satisfecha conmigo misma, he aprendido de los errores de mi pasado. Nunca sabré por qué en ese momento en concreto de mi vida decidí creerme esa mentira y salir huyendo, pero no volveré a hacerlo.

La campanilla del ascensor me indica que va abrir la puerta de acero y salgo decidida. Recuerdo el número de ayer y no tardo nada en verlo ante mí, unos números elegantes de metal negro lacado encima de la hoja de madera color marfil.

Cojo aire y la golpeo con los nudillos.

Durante unos segundos no oigo nada pero de repente la voz de Tim se cuela por el aire hasta mi piel.

—Un momento.

El ruido de una cadena desplazándose no ayuda a tranquilizarme.

Tim me mira perplejo, tiene el pelo despeinado y más barba incluso que ayer. Bajo los ojos se le marcan unos círculos negros del cansancio y me siento culpable de haberle despertado. Lleva una camiseta blanca arrugada y los calzoncillos, y verle así me roba durante un instante la respiración.

—Amanda...

—Lo siento —no sé cómo iba a empezar, qué iba a decirle primero, pero estas son las palabras que necesito utilizar—, siento haberte dejado. Lo siento. No te merecías que desconfiase de ti ni que me fuese sin dejarte hablar. Fui una cobarde, fui una estúpida y tú...

—Oh, Amanda.

Me coge de la mano y tira de mí para hacerme entrar en la habitación. Tras cerrar la puerta intenta abrazarme pero le esquivo porque necesito decirle todo lo que siento, y él necesita oírlo.

—No —le pido—, déjame terminar.

Estoy de pie frente a la puerta, no me atrevo a dar un paso más porque me derrumbaré.

Cuando no se olvida

—No tienes que decirme nada más —me asegura mirándome a los ojos—. Me basta con que hayas venido.

—No —trago saliva—. Te fallé. No paraba de decirte que tenías que ser valiente y luchar por lo que querías y cuando me tocó a mí, no supe hacerlo. Me comporté como una cobarde, Tim. Tenía tanto miedo de que un día te dieras cuenta de que te habías equivocado casándote conmigo que me fui antes de que ese día llegara. Tú nunca me diste motivos para desconfiar de ti, nunca. Fuiste maravilloso. Siempre. Y tampoco te mereces que te haya ocultado a Jeremy. —Me tiembla la voz y me resbalan más lágrimas por las mejillas—. Tendría que habértelo dicho, por mi culpa Jeremy y tú os habéis perdido unos años maravillosos. Me he comportado como una egoísta cuando tú jamás lo has sido conmigo. Te dije que te amaba —le miro a los ojos— y no supe estar a la altura de mis palabras ni de mis sentimientos. No se hace daño a la gente que amas y yo a ti te lo he hecho, ahora lo sé. Y mi única excusa es que tenía miedo de que tú me lo hicieras a mí porque sabía que si eso llegaba a suceder, me destrozaría. ¿Y sabes qué? Tenía razón porque estos años que he estado sin ti, por mi culpa, no ha habido ni un solo día, ni uno solo, que mi corazón no te echase de menos. Tener a Jeremy a mi lado ha sido al mismo tiempo maravilloso y un infierno porque cada vez que me sonreía te veía a ti y mi alma moría un poco más. Hasta que no ha quedado nada. No te culpo por no haber venido antes a buscarme, fue pretencioso y estúpido de mi parte creer que ibas a venir después de cómo te había dejado.

Tim tiene la mirada fija en mí, está completamente concentrado.

—¿Eso es todo lo que tienes que decirme?

—No. —Levanto la mano donde llevo el anillo de prometida y la alianza, los miro un instante e intento coger aire y valor al mismo tiempo—. No me los he quitado nunca porque siempre han simbolizado la época más feliz de mi vida, pero ahora que por fin me he dado cuenta de que fui yo y no tú quien la destrozó y la echó perder, dudo que pueda seguir llevándolos. —Le miro a los ojos y dejo caer la mano—. Siento mucho, mucho, no haberte sabido amar como te merecías, Tim. Ese era mi mayor sueño.

—¿Eso es todo?

—Sí.

Me abraza y me besa al instante. Me besa una y otra vez y cuando creo que van a fallarme las piernas me coge en brazos y me lleva a la cama. Me tumba en ella y se coloca encima de mí sujetándome las manos.

—Tim...

—Dios santo, Mandy, cállate —me riñe besándome los labios, y después las mejillas mojadas por las lágrimas—. Cállate, por favor. Y por lo que más quieras, no te quites nunca los anillos. No dejes nunca de ser mía.

Me besa el cuello y se desliza hacia abajo para desabrocharme la cremallera que el vestido tiene en el lateral derecho. Después sigue bajando y me acaricia las piernas para quitarme los zapatos. Las medias van a continuación y cuando las palmas de sus manos me hacen cosquillas en los muslos intento resistir el deseo que Tim me está despertando con esas caricias.

—Tim.

—Cállate, Mandy, ¿no te das cuenta de que te necesito, de que siempre voy a necesitarte? Igual que tú a mí.

—Yo...

Cuando no se olvida

Quiero decirle todas las cosas que he callado estos años y sin embargo no soy capaz porque no puedo dejar de sentir.

—Mírame —me pide colocándose encima de mí—. Ya está —dice cuando mis ojos se detienen en los de él—, es lo único que tenías que hacer. Mirarme. Siempre ha sido así entre tú y yo, nunca fue cuestión de tiempo. El día que me miraste por primera vez fui tuyo, y ahora vuelvo a serlo. No me hace falta nada más, Mandy. Lo único que necesito es que no dejes de mirarme.

Levanto una mano para acariciarle el rostro, él lo gira y la barba me rasca la palma. La muevo hasta alcanzar la nuca y le acerco a mí para besarlo. Tim suspira y su respiración se cuela en mis labios. Sus manos aparecen en mi cintura y con los dedos me sube el vestido. Yo bajo los míos por su espalda. Cada línea, cada plano nuevo que descubro me entristece porque se ha formado mientras yo no estaba. Me he perdido once años de su vida y me parece increíble que él pueda necesitarme, quererme, sin más. La emoción me desborda y aunque soy feliz por tener a Tim en mis brazos se me escapan más lágrimas por entre los párpados.

Él se aparta, sus piernas están entre las mías y se sienta apoyando la parte trasera de los muslos en la de las pantorrillas. Me mira sin decirme nada y en sus ojos entiendo lo que de verdad significaremos siempre el uno para el otro. Se quita la camiseta, desnuda la parte superior de su cuerpo igual que su mirada y me coge de las manos para incorporarme y quitarme el vestido por la cabeza. Los movimientos son tan dulces y premeditados que me sonrojo. Cuando vuelve a tumbarme en la cama me retiene la mano derecha y la coloca encima de su corazón tras depositarle un beso en la palma. Después, se acerca a mis labios y vuelve a besarme como antes, y al notar el peso de Tim encima de mí, su torso presionando el mío, su piel de nuevo mezclándose por fin con la mía, vuelvo a estar completa.

Tim también se estremece cuando nuestras pieles se besan, el vello de él me hace cosquillas y sus manos van incendiando el resto de mi cuerpo centímetro a centímetro.

—Te he echado tanto de menos... —susurro.

La boca de Tim aparece en la mía reclamándome el aliento y coloca una mano entre los dos para quitarme la ropa interior. Sigue besándome, no me deja recrearme en la tristeza ni en los malos recuerdos, sino que con cada beso y con cada caricia me crea nuevos.

Nuestros cuerpos se buscan desesperados, para ellos ya no existe el pasado, solo quieren perderse el uno en el otro y empezar un nuevo futuro juntos. La respiración entrecortada de Tim me acaricia el rostro junto con sus besos, sus manos se apartan de mí y de pronto su peso desaparece de encima del mío. Abro los ojos asustada, maldiciendo en silencio el aire que circula entre su torso y el mío.

—Dime que no volverás a dejarme —me pide con la mirada fija en la mía—, dime que nunca más te alejarás de mí sin darme la oportunidad de retenerte a mi lado.

—Oh, Tim, lo siento santo...

Se me rompe la voz y él se agacha para darme un beso breve e intenso. Se aparta cuando logra hacerme gemir y vuelve a distanciarse.

—No quiero que lo sientas, quiero que me prometas que no volverás a irte. Jamás.

—No quiero volver a alejarme de ti, no podría sobrevivir otra vez lejos de ti —le aseguro, porque es la verdad—, pero nuestras vidas...

Cuando no se olvida

—Nuestras vidas son nuestras —me interrumpe mientras desliza una mano entre nuestros cuerpos—. Tú dime que no volverás a dejarme y te prometo que encontraremos la manera de estar juntos. Dejé que te fueras porque me lo pediste, porque me ordenaste que te olvidase. Nunca debí hacerte caso, pero siempre fui incapaz de negarte nada.

Entra dentro de mí muy despacio, tanto que echo la cabeza hacia atrás y arqueo la espalda de lo intensa que es la sensación. No solo está entrando en mi cuerpo, está entrando en mi alma y se niega a volver a abandonarla.

—Dime que nunca te alejarás de mí —me pide.

—Nunca me alejaré de ti —le prometo.

Tim mueve las caderas hacia delante poco a poco. Mis piernas están junto a las de él y siento que los dos temblamos. Aflojo los dedos con los que sin ser consciente he estado arrugando las sábanas y busco los brazos de Tim para tocarlos.

—Mírame —lo pronuncia despacio, como si le fallaran las fuerzas.

Apoyo de nuevo la cabeza en la almohada y abro los ojos, quedo prisionera en los suyos.

—Tim.

—Te amo, Mandy.

—Oh, Dios mío —sollozo.

Voy a ponerme a llorar, es la primera vez que me lo dice, pero cuando empieza a moverse dentro de mí, a enloquecerme de deseo con sus caricias, a poseerme con todos y cada uno de sus besos, me doy cuenta de que no es la primera vez que lo siente.

Los labios de Tim no me dejan alejarme de él ni un segundo, mis manos le recorren la espalda y el torso para borrar el rastro dejado por los años que no hemos estado juntos. Le siento temblar, estremecerse dentro de mí, y es una sensación de la que llegué a depender tanto que cuando vuelve a aparecer soy incapaz de contener la reacción de mi cuerpo.

Pronuncio su nombre, me abrazo a él con las fuerzas que me quedan y le entrego la última parte de mí que me quedaba.

Cuando los dos dejamos de temblar, Tim me besa el cuello y comienza a moverse de nuevo. Primero lo hace despacio pero pronto la tensión va apoderándose de sus músculos. El sudor brilla en su piel y se aparta para susurrarme al oído:

—Necesito más.

Me muerde el lóbulo de la oreja y el cuello y cuando se me ha erizado la piel vuelve a acercarse a mi oído.

—Solo contigo necesito más, Mandy.

Giro el rostro en busca de sus labios, yo también le necesito. Más tarde volveré a preocuparme por el futuro pero ahora, después de tantos años de ausencia, necesito volver a estar con él y sentir de nuevo que Tim forma parte de mí.

Mientras le beso levanto despacio las caderas y aprieto las piernas. Sonrío al comprobar que Tim se estremece y gime en mi boca. Hacemos el amor otra vez, es apasionado y no nos permitimos ocultarnos nada. Al terminar, Tim me abraza, acurrucada en su pecho. Tengo la mejilla apoyada en su torso, igual que tantas veces en años atrás, y oigo como le late el corazón. Ninguno de los dos ha recuperado todavía el aliento, pero no nos importa. ¿Quién quiere respirar cuando nos tenemos el uno al otro? Noto dos dedos bajo el mentón y Tim me levanta con delicadeza el rostro para mirarme. Espera a que nuestros ojos se encuentren y entonces dice:

—Te amo, Mandy.

El corazón no se me acelera porque ya no lo tengo dentro del pecho, muevo una mano y la acerco al rostro de Tim para acariciarlo mientras le digo lo que le he confesado con cada beso y cada suspiro.

—Te amo, Tim.

Él asiente, veo que la nuez le sube y le baja por la garganta y me sujeta la muñeca para acercarse la mano a sus labios y besarme la palma. Después, me aparta de encima de él con cuidado y se levanta de la cama.

Deduzco que va a buscar nuestra ropa interior o que quizá quiere beber algo, pero camina deliberadamente hasta la mesa y levanta el sobre que ayer dejé encima. Se gira hacia mí y tras asegurarse de que le estoy mirando, rompe el sobre por la mitad. Repite la operación cuatro veces hasta que lo único que queda de los papeles del divorcio es un montón de cuadraditos blancos con letras impresas.

Vuelve a la cama y sin decirme nada me abraza y nos cubre a los dos con la sábana. Yo le acaricio el torso despacio. Estoy cansada, sí, pero no quiero dormirme, quiero alargar ese momento y acumular tantos recuerdos que me basten si algún día vuelvo a perderlo.

Estoy casi segura de que él se ha dormido, su respiración es suave y sus dedos están quietos sobre mi piel. Pero pasado un rato, no sé si una hora, dos o veinte minutos, dice:

—Éramos dos, Amanda, yo también tuve parte de culpa.

—No, yo te abandoné.

—Sí, y reconozco que me dolerá siempre, pero no pode-

mos vivir en el pasado. No quiero. Quiero tener un futuro contigo. Y esta vez va a durar para siempre, ¿de acuerdo?
—De acuerdo —acepto yo con lágrimas en la voz.
—Voy a quedarme en París tanto como pueda, alquilaré un piso, un coche y haré todo lo que sea necesario para formar parte de vuestra vida.
—Pero Tim...
Me abraza para pedirme que le deje seguir hablando.
—Quiero conocer a Jeremy, no quiero imponerle que soy su padre sin más. Quiero gustarle. Y a ti quiero conquistarte, no quiero que nunca más vuelvas a dudar de mí o de ti. Si algún día vuelve a aparecer una foto mía sentado al lado de una mujer quiero que la mires y que sepas, sin lugar a dudas, que soy incapaz de estar con ella, que solo te quiero a ti.
—Fui una estúpida, Tim.
—Los dos éramos muy jóvenes, nos enamoramos mucho y muy deprisa. No podemos seguir preguntándonos qué pasó, pero puedo hacer todo lo que esté a mi alcance para que no vuelva a suceder. Te amo, Mandy.
—Yo también te amo, Tim.
Me acaricia el pelo, le tiembla la mano, y no puedo resistir las ganas que tengo de besarlo y de volver a sentirlo dentro de mí.
Más tarde, cuando me despierto, porque esa vez sí que me he quedado dormida, veo a Tim sentado en una de las sillas que hay alrededor de la mesa de la habitación hablando por teléfono. Me siento con la sábana alrededor de mis pechos y al oír el nombre de Susan se me anuda el estómago, pero entonces él me mira y me sonríe. Y me lanza un beso con los labios.

Cuando no se olvida

—Tengo que colgar, Susan —le dice.

Se pone en pie y se acerca despacio a la cama. Camina como si yo le perteneciera, como si el mundo entero le perteneciera. Y bueno, no sé si el mundo le pertenece o no, pero yo... Me besa antes de que pueda decirle nada, enreda una mano en el pelo que me cae por la espalda y poco a poco me tumba de nuevo en la cama.

—Voy a contarte cómo conocí a Susan —me dice al apartarse—, voy a contarte cómo he estado casi un año con una mujer a la que nunca he deseado como a ti. Voy a contarte que si sumaras todos los besos que le he dado durante este año... —nota que me tenso e intento apartar la mirada pero me sujeta la barbilla con suavidad para que le mire—, si sumaras todos los besos que le he dado durante este año —repite—, no conseguirías reunir la intensidad que siento solo mirándote. Y voy a contarte que cuando recibí el mensaje de mi abogado me faltó tiempo para anular la boda y que me di cuenta de que jamás me habría casado con ella porque en toda mi vida solo he querido estar casado contigo. Y quiero que tú me cuentes todo lo que has hecho estos años, quiero sentirme orgulloso de ti por haber criado a nuestro hijo, quiero saber qué hiciste mientras estudiabas en la escuela de cocina, cómo encontraste tu primer trabajo y cómo has llegado a ser una de las mejores cocineras de París. Quiero saberlo todo, Mandy, lo bueno y lo malo. Quiero conocer tantos detalles que sienta que he estado aquí contigo todo este tiempo. Pero antes voy a hacerte el amor, ¿de acuerdo? Porque al final lo único que importa somos tú y yo y que estamos juntos.

—De acuerdo.

CAPÍTULO 19

TIM DELANY

Esa mañana, cuando abrí la puerta de la habitación del hotel y vi a Amanda, pensé que el cansancio me estaba jugando una mala pesada, pero entonces ella empezó a hablar y mi mundo volvió a cambiar igual que esa noche en la biblioteca en la mansión de mis padres.

Amo a Amanda, siempre la he amado aunque cuando tenía veintitrés años no supe convencerla de ello. Ella insiste en que nuestra separación es solo culpa suya cuando en realidad estábamos los dos. A los dos nos superó el amor y la pasión, ella se fue y yo no fui a buscarla. Pero ninguno de los dos se olvidó del otro.

Nosotros no podemos olvidarnos.

Mientras Amanda me contaba lo que la llevó a marcharse aquel horrible día esperaba oír que mi padre la había amenazado con destruir a su familia si no me dejaba o algo igual de dramático. Pero de repente me di cuenta de que yo tampoco me he pasado estos últimos años secuestrado o con una pistola apuntándome en el pecho. El miedo y las dudas de ella nos separaron pero mi orgullo nos ha mantenido alejados todo este tiempo. Sería mucho más fácil echarle la culpa a otra persona, a una conspiración, pero nuestra historia de amor es real y si queremos estar juntos vamos a tener que superar este problema real, no uno imaginario.

Si no nos hubiésemos casado tan precipitadamente, si hubiésemos hablado más y discutido menos sobre nuestros temores y nuestras inseguridades, o si sencillamente hubiésemos sido capaces de comprender que un amor como el nuestro es realmente un regalo, tal vez no habríamos estado años sin vernos. O tal vez, pienso mientras le acaricio el pelo, hemos tenido que crecer para poder encontrarnos y amarnos de nuevo.

Le he confesado a Amanda que la amo, siempre me he arrepentido de no habérselo dicho cuando nos casamos, así que no voy a cometer el mismo error por segunda vez. Aunque lo intentase, no podría evitarlo. No puedo contener las palabras y se escapan de mis labios casi cada vez que la beso.

Nos hemos pasado la mañana y parte de la tarde en la habitación del hotel, hablando y haciendo el amor, no hemos salido hasta que ha llegado la hora de ir al colegio a buscar a Jeremy.

Cuando Jeremy me ha visto llegar con Amanda... digamos que he tenido que concentrarme para no llorar en plena calle. Sí, de joven Amanda me convirtió en un romántico empedernido capaz de cometer locuras por ella y ahora mi hijo amenaza con convertirme en uno de esos padres que se emocionan con cualquier tontería. Y la verdad es que me parece bien.

Jeremy me ha contado qué ha hecho durante el día y me ha enseñado todos los dibujos que sus compañeros de clase le han hecho en el yeso. Les he acompañado a casa andando y cuando hemos llegado al edificio de Amanda he tenido que parpadear dos veces para asegurarme de que no estaba soñando.

Allí, pegado en la elegante puerta de rejas negras, había un papel anunciando que se alquilaba el ático del edificio. Lo he arrancado y cuando Amanda me ha mirado, le he dicho:

—Ni una palabra.

Me mudé esa misma tarde. De eso ya hace un mes.

Amanda, Jeremy y Celine viven en el segundo piso y yo en el ático. Nos pasamos el día juntos, Amanda va al trabajo y yo intento no molestarla en el restaurante, aunque lo cierto es que no siempre lo consigo y paso a verla a menudo. Hemos tenido nuestras discusiones, Amanda, a pesar de que se arrepiente de no haber aceptado mi ayuda en su momento y de insistir en que mi dinero no era suyo, sigue teniendo dificultades para asimilar que todo lo mío también le pertenece. Pero a diferencia de antes, cuando los dos éramos jóvenes y testarudos, ahora podemos hablar del tema. Y si la discusión se alarga demasiado la cojo en brazos y le hago el amor.

El sexo es increíble, más que antes, y eso que parecía imposible. No puedo parar de tocarla ni de besarla, ni de pensar en ella. Cuando estamos juntos en la cama pierdo el control en meros segundos y vuelvo a convertirme en ese chico de veintitrés años que solo pensaba en ella. Con Amanda pierdo cualquier inhibición, cualquier vestigio de cordura, siento que si no estoy dentro de ella moriré y necesito que me toque, que me bese, que me posea. Con ella puedo hacerlo todo, puedo ser yo. Ella es la única que me conoce de verdad y que a pesar de ello me ama. No le mentí cuando le dije que esta vez solo me había hecho falta una noche para enamorarme de ella, pero estos días nos han servido a los dos para conocernos de verdad y para acumular momentos maravillosos. Uno que atesoraré siempre es la conversación de esta mañana:

—¿Qué crees que habría pasado si me hubiese quedado? —Ese era uno de los peores miedos de Amanda, pensar que aunque no hubiese salido huyendo habría acabado perdiéndome por alguna mujer que contase con la aprobación de mis padres. Le he repetido que es imposible, pero aunque afirma lo contrario sigue sin creerme.

—No lo sé —contesté con la madurez y la seriedad propias de un hombre que ha sobrevivido a demasiados abandonos. Solté el aliento y me acerqué a la ventana; desde allí podía ver las luces de la calle parisina y me dolió imaginar la cantidad de veces que Amanda las había contemplado a solas—. Recuerdo una noche en la que Mac y yo habíamos salido a cenar después de un entrenamiento y fuimos a parar a un restaurante familiar. En la mesa de al lado había una pareja peleándose con dos niños y Mac hizo un chiste sobre que me había salvado por los pelos. Yo sonreí, pero habría dado cualquier cosa por estar en esa mesa contigo, peleándome con dos mocosos y besándote para quitarte el mal humor.

Oí que ella se quedaba sin aliento y me di media vuelta para mirarla. Esa confesión, ese pasado que nunca iba a existir, nos había arañado a ambos.

—Tal vez no habríamos llegado nunca a estar allí —sugirió Amanda cuando su voz se abrió paso por el nudo que le cerraba la garganta.

—Tal vez, pero te aseguro que lo habría intentado con todas mis fuerzas—. Me aparté de la ventana y, sin darle tiempo a reaccionar, le sujeté el rostro entre las manos y la besé—. Y es lo que voy a hacer ahora, beso a beso. Segundo a segundo.

Amanda nunca se queda a pasar la noche y no permite que me quede a dormir en su apartamento. Sí, hemos discutido por eso. Ella insiste en que es por el bien de Jeremy pero yo creo que es por el suyo. A pesar de que me dice constantemente que me ama, que confía en mí y en nosotros, siento que intenta protegerse. Sé que una pequeña parte de ella todavía cree que me iré y que los abandonaré e intenta estar preparada para cuando eso suceda. No le he dicho que no tiene nada que temer porque sé que no me creería, tengo que demostrárselo.

Hoy voy yo solo a buscar a Jeremy al colegio, a Amanda le ha surgido un problema en el restaurante y Celine tenía club de lectura. Están leyendo no sé qué novela que no puede perderse. Estoy extrañamente nervioso, no es la primera vez que me quedo a solas con Jeremy pero hoy, no sé por qué, siento que no es igual que las anteriores. He salido de casa veinte minutos antes de lo necesario para no llegar tarde y ahora mismo le estoy esperando en la puerta de la escuela.

Le veo aparecer con una sonrisa y con las muletas. La mochila le cuelga despreocupadamente de un hombro al caminar hacia mí.

—Hola, campeón —le saludo.

Cuando no se olvida

—Hola, Tim.
—¿Quieres que te lleve la mochila? —me ofrezco, y él me la pasa al instante.
Nos ponemos a caminar por la calle de siempre y cuando nos detenemos frente al escaparate de la librería preferida de Jeremy, él inicia la conversación:
—Mañana me quitan el yeso.
—Lo sé, seguro que tienes muchas ganas, ¿no? Yo me rompí un brazo una vez y me moría de ganas de rascármelo y de ducharme.
—Sí, bueno, la verdad es que estoy un poco cansado de llevarlo, pero me gustan mucho los dibujos que me han hecho. ¿Tú crees que me dejarán quedármelo?
—No lo sé, tal vez podamos convencerlos de que te corten un trozo y te lo regalen. La verdad es que recuerdo que mi yeso apestaba —bromeo.
Jeremy se ríe, pero al cabo de unos segundos le veo arrugar la frente.
—Tú no me has dibujado nada.
—Tienes razón, es un descuido imperdonable. ¿Qué quieres que te dibuje? Ten en cuenta que no es lo mío.
Jeremy coge aire y me mira un segundo, pero vuelve a apartar la mirada y a fijarla en el escaparte antes de continuar.
—Quiero que pongas «papá» al lado del dibujo que me hizo mamá.
Cuando Amanda apareció en el hotel y me dijo que sentía haberme dejado perdí el corazón por ella y ahora, en ese instante, he vuelto a perderlo por Jeremy. Tengo que hacer algo, decir algo, lo sé, pero el amor y la emoción que siento son tan grandes que tardo unos minutos en recuperar el habla.

—¿Qué has dicho?

No quiero malinterpretar algo tan importante, necesito asegurarme de que no estoy soñando.

Toco a Jeremy en el hombro y le giro levemente hacia mí.

—Eres mi padre, ¿no?

Se muerde el labio inferior y lo único que soy capaz de hacer es agacharme y abrazarlo.

—Sí, claro que sí.

Jeremy suelta las muletas y sus brazos me rodean la espalda sin llegar a tocarse. No dice nada y noto que esconde el rostro en el cuello de mi camisa. Le abrazo más fuerte, yo estoy llorando y no pienso ocultárselo.

Le dejo en el suelo porque tengo miedo de que la escayola le pese demasiado y me agacho a recoger las muletas. Se las doy y él me mira de un modo distinto a los ojos.

—Nos parecemos mucho, ¿sabes? Físicamente, quiero decir —me confiesa como si fuera un secreto.

—Lo sé.

Jeremy reanuda la marcha y yo me coloco a su lado. No sé qué decirle, ¿qué se supone que debo decirle? Amanda y yo decidimos no contarle nada de momento, creímos que lo mejor sería esperar a que fuese mayor y entonces explicarle la verdad, pero Jeremy nos ha desbaratado los planes. Y me alegro mucho de ello.

—Empecé a sospecharlo hace unas semanas —me dice Jeremy—. Mamá nunca me había presentado a ninguno de sus novios.

—No quiero saberlo.

—Oh, vamos, papá...

Cuando no se olvida

Me detengo en plena calle porque no puedo respirar y le miro perplejo. Es la primera vez que me llama así y no creía que fuera a impactarme tanto.

—¿Te pasa algo? —me pregunta con esos ojos tan azules que tiene completamente abiertos.

—No, nada.

—Mamá no ha tenido muchos novios, creo que dos —me dice—, y ninguno vino nunca a casa. No tienes de qué preocuparte.

—Vaya, gracias.

Vuelve a poner en marcha las muletas y yo no tengo más remedio que seguirle.

—Empecé a sospechar la verdad hace unas semanas —repite Jeremy—. Mamá está tan contenta contigo que quería asegurarme de que no ibas a hacerle daño.

—Jamás le haré daño a mamá.

Tengo la sensación de estar pasando una entrevista con mi hijo y, aunque es un poco incómodo, me gusta ver que quiere tanto a su madre y que se preocupa por ella.

—Busqué tu nombre en Internet.

—¿Me has buscado en Internet?

—Sí, claro. Hay de todo en Internet y como no puedo hacer gimnasia por culpa de esto, me dejan estar en la sala de ordenadores.

—¿Y qué has averiguado?

—Muchas cosas. No piensas casarte con esa tal Susan, ¿no, papá?

—Por supuesto que no, ya estoy casado con tu madre.

—Me alegro, porque tienes que hacerla feliz, ¿sabes? Y a mí también. Y supongo que a nona, si quieres estar tranquilo. Y a ti también, mamá siempre me dice que tengo que hacer lo que me haga feliz, así que supongo que el consejo también vale para ti, ¿no crees?

—Sí, creo que a mí también me vale. Te haré caso, Jeremy —le digo emocionado—, haré lo que me hace feliz y me quedaré con vosotros.

—¿De verdad eres hijo de un senador? ¿Qué es un senador?

—Sí, de verdad, pero de momento no tienes que preocuparte de él. No creo que vuelva a verle durante mucho tiempo.

—Encontré unos artículos sobre el senador —sigue Jeremy y yo sonrío al ver que se refiere a mi padre con el mismo término que utilizo yo en mi mente—, había una foto tuya de cuando eras pequeño. Me quedé alucinado. Eres igual que yo.

—Creo que técnicamente tú eres igual que yo.

Se queda en silencio durante un rato, veo que está pensando y cuando da con la pregunta exacta me la formula.

—¿Crees que mamá se enfadará porque lo haya descubierto?

—No —le aseguro al ver que está preocupado—, no se enfadará.

—¿Podemos ir a verla ahora?

—¿No estás cansado de caminar?

—No, y no quiero ir a casa y pasarme las próximas horas pensando qué dirá mamá cuando se entere. ¿Podemos ir, por favor, papá?

Supongo que algún día me acostumbraré, pero hoy es imposible.

—Está bien —accedo—, pero prométeme que me avisa-

Cuando no se olvida

rás si te cansas demasiado y cogeremos un taxi. No quiero que el médico nos riña mañana.

—Te lo prometo.

Vamos caminando hasta el restaurante y Jeremy vuelve a hablarme como hacía antes, me cuenta sus peripecias en el colegio y me habla del último libro que ha leído. La única diferencia es que ya no me llama Tim sino papá y que a mí va a estallarme el pecho de felicidad.

Llegamos a Le Chardonneret, le sujeto la puerta a Jeremy para que pueda entrar con las muletas y, tras saludar a los camareros, se dirige directamente a la cocina. Le sigo porque quiero estar allí cuando le diga a Amanda que ha averiguado la verdad y mi hijo vuelve a cogerme desprevenido.

—Hola, Jeremy —Amanda le mira por encima del plato que está decorando—, ¿qué estás haciendo aquí?

—Hola, mamá, nada en especial. Papá y yo queríamos verte antes de ir a casa.

A Amanda se le cae el tenedor que tiene en la mano.

—¿Qué has dicho?

Sonrío al ver que su reacción es idéntica a la mía.

—He dicho que papá y yo queríamos verte antes de ir a casa —le repite Jeremy haciéndose el valiente, pero al ver las lágrimas que aparecen en los ojos de Amanda flaquea un poco—. ¿Estás enfadada? Hace semanas que lo sospecho y hoy se lo he preguntado a Tim, a papá, y me ha dicho que sí.

—No, no estoy enfadada. —Amanda se acerca a Jeremy y le acaricia el pelo—. Y tú, ¿estás enfadado?

—¿Yo? ¡No! ¿Por qué iba a estarlo? —le pregunta Jeremy confuso de verdad—. Me gusta mucho que Tim sea mi padre.

Es definitivo, estoy loco por ese chico. Me acerco a las

dos personas más importantes de mi vida y los capturo a los dos entre mis brazos. Amanda esconde el rostro en mi torso y me da un beso por encima de la ropa mientras yo le acaricio la cintura.

Jeremy se queja.

—¡Papá, no puedo respirar!

—No seas quejica, Jer —le riño en broma—, y dale un beso a mamá. Tenemos que irnos y dejarla trabajar.

Es un alivio poder hablar sin contenerme, sin medir cada palabra.

Jeremy me hace caso y besa a Amanda. Ella me sonríe, le gusta que respete su trabajo y que entienda que para ella es tan importante. Fui un estúpido por tener celos de algo que nunca ha podido competir conmigo.

Jeremy se da media vuelta y sale de la cocina apoyándose en las muletas. Yo le sigo con la mochila colgando del hombro.

—Espera un momento, Tim —me detiene Amanda, y tanto Jeremy como yo nos quedamos frente a la puerta de la cocina.

Amanda se acerca a nosotros y por primera vez me besa delante de Jeremy y de cualquiera que quiera verlo. Me rodea el cuello con los brazos, pega su torso al mío poniéndose de puntillas y me besa en los labios.

—Nos vemos en casa —me dice al apartarse.

—Claro —carraspeo yo como un idiota enamorado.

Y esa noche me quedo a dormir en casa.

CAPÍTULO 20

Un mes más tarde puedo afirmar que nunca me había imaginado que pudiera ser tan feliz, pero la vida no está dispuesta a detenerse eternamente en nuestro apartamento de París y sigue avanzando.

—Tengo que volver a Boston —le digo a Amanda cuando es de noche y estamos los dos en nuestra cama—. La temporada está a punto de empezar y sigo siendo jugador de los Patriots.

—Lo sé.

—No quiero irme sin vosotros, no me obligues a hacerlo. Llevo demasiados años echándoos de menos, quiero vivir con mi familia en nuestra casa.

—¿En nuestra casa?

Se apoya en mi torso y me mira intrigada.

—Sí, en nuestra casa.

—¿Nuestra casa? —repite, y abre los ojos al adivinar a qué casa me refiero—. Creía que te habrías deshecho de ella.

Cuando no se olvida

—No digas tonterías, por supuesto que no me he deshecho de ella. Me mudé seis meses después de que te fueras. —Me besa en los labios y tardo unos segundos en poder continuar—. Y nunca he terminado las reformas, pero sigue siendo nuestra y quiero que vivamos allí.

—Oh, Tim, qué haría yo sin ti.

—Espero que nunca tengas que averiguarlo.

Amanda me mira y veo que coge aire.

—El otro día le dije a Berenice que probablemente me iría pronto. Ya sé que tú y yo no habíamos hablado del tema pero Jeremy y yo lo hicimos la otra noche y decidimos que si se te ocurría irte sin nosotros, vendríamos detrás de ti.

Tengo que besarla y estar dentro de ella ahora mismo. Esa vez Amanda ha confiado en nosotros. La cojo por la cintura y la tumbo en la cama colocándome encima. Entro en su cuerpo y la beso apasionadamente.

—Gracias —farfullo pegado a sus labios mientras muevo las caderas—. Gracias.

—No digas eso —me pide ella—. Te amo, estoy dispuesta a hacer cualquier cosa para estar contigo. No puedo cambiar nuestro pasado pero puedo asegurarme de que pasemos el futuro juntos.

—Dios, Mandy.

Vuelvo a besarla y a perderme en el calor que desprende su piel junto a la mía. El deseo se abre paso firmemente por mis venas y sé que solo me quedan unos minutos para hablar, después solo seré capaz de sentir y de amar a Amanda.

—Quiero volver a Boston —susurra ella adelantándose a mis palabras—. Quiero vivir contigo, ir a tus partidos, abrir un restaurante, tener más hijos, quiero hacerlo todo contigo, Tim.

—Te amo, Mandy. Te amo tanto...

Al final todo se reduce a esa verdad. No hay más.

A la mañana siguiente le contamos a Jeremy y a Celine que volvemos a Boston todos juntos. Celine nos abraza llorando y nos felicita por habernos encontrado de nuevo. Está feliz por nosotros y nos asegura que no tardará en volver también a Estados Unidos pero que, de momento, prefiere quedarse en París con sus viejas amigas. La echaré de menos, a lo largo de estas últimas semanas Celine y yo hemos mantenido todas las conversaciones que no tuvimos hace años y me siento muy unido a ella. Hablar con la abuela de Amanda me ha ayudado a entender mucho mejor los miedos y las inseguridades de mi esposa y el papel que jugamos mis padres y yo en aumentarlas.

Jeremy, por su parte, da saltos de alegría. Está impaciente por conocer Boston y vivir allí todos juntos. Dice que echará de menos el colegio y a sus amigos pero que tiene el presentimiento de que pronto hará nuevos. Me siento tan orgulloso de él que le abrazo y le doy un beso. Él se queja, por supuesto, pero antes de apartarse de mí también me da un beso en la mejilla. Jeremy nunca ha estado en Boston, sus abuelos y sus tíos maternos han visitado París varias veces para estar con a él y con a Amanda y Celine. Una noche Amanda me confesó que para ella Boston me simbolizaba a mí y que volver a la ciudad sin estar conmigo, imaginándome a mí con una nueva vida, no podía soportarlo. Me hierve la sangre al pensar en los años que hemos pasado separados por culpa de nuestra juventud, nuestros miedos y, básicamente, mi orgullo y mi estupidez, pero siempre que esa idea cruza mi mente me giro y busco a Amanda. Compruebo que está a mi lado, ahora siempre lo está, la beso y pienso que si no nos hemos olvidado tampoco hemos estado tan separados.

A partir de ese momento los días pasan volando, me ocupo de comprar los billetes y de prepararlo todo para nuestra llegada, y también llamo a Susan para avisarla. Amanda ha sido maravillosa con ese tema, sé que le duele que estuviera a punto de casarme con otra pero al mismo tiempo no quiere hacerle daño a Susan. Yo reconozco que no sé si sería tan comprensivo si la situación fuese al revés. No, sé que no lo sería.

Dado que Celine ha decidido quedarse en París no tenemos que cerrar el apartamento. Este último mes hemos vivido los cuatro en casa de Amanda y hemos compartido allí tan buenos recuerdos que hemos decidido quedarnos con ese piso para siempre. Nos instalaremos allí cuando vayamos de vacaciones a París, algo que sin duda haremos a menudo, al menos mientras Celine viva allí.

El vuelo de regreso a Boston se me hace eterno, estoy impaciente por empezar allí nuestra vida de verdad. Jeremy está tan contento que su alegría es contagiosa, pero Amanda está nerviosa. Hace años nuestro matrimonio le pasó desapercibido a la prensa pero es imposible que ahora volvamos a lograrlo. De hecho, mi agente me ha advertido que todos los medios de comunicación están locos por averiguar nuestra historia y por fotografiarnos juntos; han empezado a circular rumores y cientos de teorías sobre nuestro matrimonio secreto y sobre la existencia de Jeremy.

—No estés nerviosa, Amanda —le digo entrelazando nuestros dedos—. Todo irá bien.

—Lo sé, pero no puedo evitar pensar que si no me hubiese comportado como una cobarde todo esto no nos estaría pasando.

Agacho la cabeza y la beso apasionadamente.

—No voy a permitir que sigas torturándote con eso, ¿de acuerdo? Ahora estamos juntos, Jeremy es increíble y tú eres la única mujer que amo y con la que quiero estar casado. No hay nada más que decir.

—Pero la prensa…

—Pueden irse al infierno. Todos pueden irse al infierno y quedarse allí. No me importa nadie excepto Jeremy y tú. No lo olvides.

—No lo olvidaré.

En el aeropuerto efectivamente hay muchos periodistas esperándonos y dejamos que nos tomen una fotografía juntos porque no se me ocurre la manera de evitarlo, pero me niego a responder a las estúpidas preguntas que formulan.

Le habría pedido a Mac que viniera a buscarnos pero no he logrado localizarlo, supongo que al final se habrá ido de vacaciones. En su lugar ha venido mi agente, que con suma maestría logra sacarnos de la terminal y llevarnos a casa. Durante el trayecto Amanda está en silencio y no deja de apretarme la mano, sin embargo Jeremy no para de disparar preguntas a diestro y siniestro.

El coche se detiene despacio frente a nuestra casa, esa casa donde vivimos esos primeros meses y de la que nunca he podido desprenderme. Salgo yo primero y me ocupo del equipaje con la ayuda de Jeremy y de mi agente, que se despide con un abrazo.

Cuando no se olvida

Amanda está de pie en la acera, incapaz de moverse. Me imagino que para ella todavía es más intenso ese momento. Me acerco a Jeremy y le doy las llaves de la casa.

—¿Puedes hacerme un favor, Jer?
—Claro, papá.
—Abre la puerta y sujétala, ¿quieres? Yo tengo que hacer algo muy importante.

Jeremy me sonríe y se dirige a la entrada balanceando las llaves entre los dedos, yo mientras me acerco a Amanda y me detengo a su lado.

Le acaricio suavemente la cintura y cuando se gira hacia mí y veo tantas emociones en sus ojos tengo que besarla. Cuando me aparto a los dos nos cuesta respirar y ella tiene una lágrima en la mejilla. La recojo en el pulgar y le digo:

—Te amo.

La cojo en brazos justo cuando ella iba a contestarme.

—¿Qué haces? —me pregunta sorprendida agarrándose de mi cuello.

—Cuando nos casamos no pude hacerlo y he pensado que este es el momento perfecto para remediarlo.

Amanda esconde el rostro en mi cuello y noto la humedad de sus lágrimas.

—Gracias, Jer —le digo a mi hijo al cruzar el umbral.
—De nada, papá.

No suelto a Amanda y, acariciándole la frente y el pelo con la nariz, le pido:

—Mírame. —Cuando lo hace, añado—: Te amo.
—Yo también te amo, Tim.

Entonces la beso de verdad, un beso que significa el fin de nuestros miedos y el principio de un amor que siempre estuvo destinado a ser imposible pero que no lo es. Amanda me besa del mismo modo, con todo su ser, y siento que por fin estamos tan dentro el uno del otro que nunca nadie podrá separarnos.

—¿Qué es esto, papá?

La voz de Jeremy nos separa y dejo a Amanda en el suelo, pero la coloco delante de mí y la abrazo por la cintura.

—Oh —dice ella emocionada—, no puedo creer que lo hayas guardado.

—¿Qué es? —insiste Jeremy.

—Es una moneda —contesta Amanda—. Si la tiras al aire y sale cara, seremos felices para siempre.

—¿Y si sale cruz? —le pregunto.

—También.

Le doy la vuelta despacio entre mis brazos y vuelvo a besarla. Es ella la que pone punto final al beso, entrelaza los dedos con los míos y tira de mí hacia el jardín. Le tiemblan los dedos siempre que deposita la mirada en algún rincón que significó algo especial, que son la mayoría, y veo que le resbala alguna que otra lágrima por la mejilla, pero estas siempre se funden al llegar a la sonrisa que le dibujan los labios.

La casa sigue exactamente igual que hace once años. Me quedé allí unos seis meses, estaba convencido de que Amanda aparecería cualquier día, arrepentida y dispuesta a suplicarme que la perdonase. Yo no iba a hacerlo, por supuesto que no. Iba a decirle que no la quería, que nunca la había querido, que solo me había casado con ella para provocar la ira de mis padres. No iba a confesarle que su abandono me había destrozado, que me había casado con ella tan pronto y con tanta urgencia porque no quería correr el riesgo de perderla cuando la vida le demostrase que había hombres mucho mejores que yo. Nunca le había dicho que la amaba, no había tenido el valor de hacerlo, y su partida había evitado que me pusiera en ridículo. Habría resultado patético que le hubiese susurrado una noche que la quería y que días más tarde ella se hubiese ido sin despedirse siquiera. Durante esos seis meses me imaginé mi venganza, me visualicé a mí mismo rechazando a Amanda, saliendo con otras mujeres delante de ella. Me vi incluso echándola de casa mientras ella lloraba desconsolada y me pedía, sujetándose a mi camisa, acariciándome el rostro, que la perdonase.

Desprecié a Amanda tanto como la eché de menos, tal vez más. Hasta que llegó un día en que las paredes de esa casa prácticamente me escupieron y me echaron de dentro. Las noté cerrarse a mi alrededor, el papel pintado que ella había elegido para la escalera, las baldosas para el comedor, no podía soportar estar cerca de esas cosas que solo hablaban de Amanda. Y no podía seguir engañándome porque a pesar de que en mi mente me imaginaba discutiendo con ella, echándola de casa, gritándole que jamás iba a perdonarla, lo cierto era que siempre me imaginaba que Amanda volvía. Y Amanda no volvió. Fue entonces cuando me planteé vender la casa y, durante cinco segundos, incluso derribarla. Fue Tabita quien lo evitó.

Llevaba varios meses viviendo en mi apartamento, un espacioso y lujoso ático que había alquilado en la zona alta de Boston. Hacía poco más de un año que era jugador de los Patriots y mi popularidad, ante mi sorpresa, había aumentado considerablemente. Mis padres no habían vuelto a hablarme de Amanda, en realidad, no habían vuelto a hablarme de nada, pero coincidí con ellos una noche en una gala benéfica. Yo había acudido con el resto del equipo porque los Patriots iban a subastar una camiseta con todos nuestros nombres firmados. Mis padres, obviamente, estaban allí haciendo campaña política. La cena estaba llegando a su final cuando el senador se acercó a mí y me tendió la mano para saludarme, y yo se la estreché viendo como Mac enarcaba una ceja detrás de mi padre.

—Buenas noches, Tim —me saludó.

—Buenas noches.

Cruzamos dos o tres frases absurdas hasta que mencionó a Amanda y se me erizó la piel. Recuerdo que me terminé el whisky que tenía en la mano de un trago.

—Me imagino que ya te habrás divorciado de esa camarera. Hay que tener mucho cuidado con esa clase de mujeres, hijo, sé de lo que hablo.

—Te advertí que no te atrevieras a hablar de ella.

A pesar de lo que había sucedido entre los dos, a pesar del abandono de Amanda, me repugnaba que el senador hablase de ella.

—Algún día tendrás que asumir la realidad, Tim. —Él también bebió—. Estás haciendo lo mismo que con tu hermano.

Apreté el vaso con tanta fuerza que temí romperlo.

—No metas a Max en esto.

—Te empeñas en convertir a tu hermano en una víctima cuando en realidad era débil y se rindió con excesiva facilidad. Igual que tu mujercita. Estás mucho mejor sin ninguno de los dos, Tim.

—Buenas noches, padre —le dije despidiéndome, consciente de que si seguía allí un segundo más, al día siguiente los periódicos amenazarían con una fotografía mía pegando al senador—. Ha sido despreciable, como siempre.

Giré sobre mí mismo para dejarlo atrás, pero él tuvo que quedarse con la última palabra.

—Algún día esa mujer, Amanda, se quedará con tu dinero. Te utilizará. Venderá la casa que como un idiota insististe en poner a nombre de los dos, o aparecerá en algún periódico contando su sórdida historia. Max quiso llamar la atención convirtiéndose en una víctima y, a tu madre y a mí, en los malos de la película; tu camarera hará lo mismo.

Empecé a caminar y no me detuve hasta llegar a mi coche, aunque oí que Mac me llamaba preocupado.

Conduje hasta la mansión de mis padres, entré dando un portazo y fue directamente al dormitorio de mi hermano. Ponía la piel de gallina, podías entrar en él y pasados unos minutos lograbas convencerte de que Max llegaría de un momento a otro. Me senté en la cama, estaba tan furioso que si Max efectivamente hubiese aparecido le habría gritado. Le echaba de menos, igual que ahora, pero en esa época quizá también le odiaba por haberme abandonado. Igual que Amanda.

—¿Qué estás haciendo aquí, Tim? —la voz de Tabita me alejó un poco de la ira.

—¿Tú crees que Max se suicidó para llamar la atención?

—Oh, no —se le rompe la voz. Tabita siempre adoró a Max—. Por supuesto que no.

—El senador cree que sí, y cree que Amanda también me abandonó hace un año por eso. —Reí con amargura—. Y afirma que estoy mejor sin ellos.

Tabita se sentó a mi lado y me cogió una mano.

—Max no se suicidó para llamar la atención, ni para castigar a nadie. Si tu hermano hubiese estado bien, seguro que habría encontrado la manera de pedirte ayuda y de salir adelante. Pero no pudo.
—Debería haberlo visto, Tabi.
—Fuiste y eres un gran hermano, Tim —me aseguró estrechándome los dedos—, tú también estabas sufriendo. Y todavía sufres.
—¿Y Amanda? ¿Por qué diablos me dejó, Tabi?

Casi nunca me permitía hablar del tema, pero esa noche no pude evitarlo.

—No lo sé, Tim. Ojalá lo supiera, pero no lo sé. ¿Por qué no vas a encontrarla y se lo preguntas? —Utilizó el mismo verbo que esa mañana cuando fui tras Amanda por primera vez.

Me quedé pensándolo, mirando las fotografías y los libros que seguían decorando ese dormitorio sumido en una adolescencia eterna.

—Porque —empecé a contestar, aunque tuve que detenerme y humedecerme el labio—, porque esta vez necesito que ella me encuentre a mí.
—Pues deja que lo haga, no borres vuestro rastro, Tim. Deja que te encuentre.

Tabita no sabía que yo había decidido poner en venta nuestra casa, pero esa frase resonó dentro de mí igual que una advertencia, un consejo para evitar perder a Amanda para siempre, y al día siguiente llamé a la inmobiliaria y les dije que esa casa no estaba en venta. Que jamás iba a estarlo.

—Gracias por conservar nuestro pasado —me susurra Amanda rodeándome por la cintura cuando llegamos al porche.

Cuando no se olvida

Yo la rodeo también al instante por la suya. Sigue pareciéndome un milagro que estemos aquí ahora, aunque con cada día que pasamos juntos más me convenzo de que jamás habríamos sido capaces de pasarnos el resto de nuestras vidas separados.

—Gracias por volver a mi futuro.

Un escalofrío recorre la espalda de Amanda. Supongo que a los dos nos horroriza pensar que podríamos habernos perdido para siempre. Arreglaremos esa casa, seguiremos avanzando a partir de lo que hemos aprendido el uno del otro en París y no volveremos a cometer los errores del pasado.

Los brazos de ella se aprietan alrededor de mi cintura y respira encima de mi torso. Noto su corazón latiendo deprisa encima del mío.

—Te habría encontrado, Amanda —le prometo en voz baja sin dejar de abrazarla—. Te habría encontrado.

CAPÍTULO 21

AMANDA PERRAULT

Papá y mamá vinieron a casa el día siguiente a nuestra llegada. Lloré desconsolada cuando los abracé, y después volví a llorar cuando vi a papá dándole un abrazo a Tim y hablando con él como si también le hubiese echado de menos.

Tim se ha dado cuenta de lo que me pasaba porque ha levantado la vista un segundo, me ha guiñado un ojo y me ha lanzado un beso.

Mac vendrá a comer mañana, Tim tiene muchas ganas de verle y de contarle que estamos juntos. De hecho, desde que hemos vuelto Tim grita a los cuatro vientos que está casado y que tiene un hijo. En momentos como este, cuando es impulsivo y audaz, creo viajar en el tiempo y estar de nuevo ante ese chico de veintitrés años del que me enamoré. El chico que me pidió que me casara con él apenas unos meses después de conocernos. Pero entonces le miro y en el fondo de sus ojos veo una determinación, una fuerza, que entonces solo se insinuaba. Ahora lo domina todo.

El Tim de ahora sabe lo que quiere y estar en el centro de ese deseo es lo más romántico, lo más intenso, lo más sensual y lo más vital que he sentido nunca.

La diferencia entre este sentimiento que no para de crecer desde que entró en el restaurante de París y el vacío de antes es tal que me sorprende no haber perecido en su ausencia. Sé que lo único que lo ha evitado ha sido Jeremy.

—¿Estás bien? —me pregunta Tim acercándose a mí.

—Sí, muy bien.

—Tus padres quieren llevarse a Jeremy esta noche —me susurra al oído, y noto cómo se me eriza la piel del cuello y de la espalda—. Está cogiendo el pijama, creo que quiere dejarnos solos.

Me sonrojo, no estoy acostumbrada a ver a mi hijo haciendo de Cupido. Y menos conmigo.

A lo largo de estos once años me atreví a salir con dos hombres. Los primeros años fueron muy difíciles con Jeremy pequeño y estudiando en la escuela de cocina. Aunque Celine me fue de muchísima ayuda, apenas tenía tiempo de dormir, así que no me resultó nada complicado ignorar a los pocos hombres que se atrevieron a acercarse a mí con las ojeras, el mal humor y el constante cansancio fijo en mi rostro.

Con el paso del tiempo me fui asentando, encontré mi primer trabajo y Jeremy se fue haciendo mayor, pero los hombres seguían sin ser mi prioridad. Además, para qué engañarnos, seguía soñando con que algún día, a pesar de mi propia estupidez, Tim aparecería y me declararía su amor eterno.

Cuando cambié de trabajo y conocí a Berenice ella insistió en presentarme a sus amigos. De hecho, hubo unos meses que Berenice parecía empeñada en convertir Le Chardonneret en un desfile constante de posibles parejas para mí. Al final accedí a salir con uno, un representante de una bodega que era primo lejano de Berenice. Anton fue muy amable, fuimos al cine y a cenar unas cuantas veces, pero pasados unos meses fue más que evidente que él quería algo más, mucho más, y que yo no estaba preparada ni interesada en dárselo. Creo que nos separamos como amigos, aunque lo cierto es que él nunca más volvió al restaurante.

Años más tarde conocí a Marcel, era el padre de un niño que estudiaba en el mismo colegio que Jeremy. Marcel estaba divorciado y era encantador, pero al cabo de pocos meses sucedió lo mismo que con Anton. Dejé de fijarme, qué sentido tenía buscar a alguien que ya sabía que había encontrado y al que había abandonado como una idiota.

Cada año tenía la tentación de llamar a Tim, de coger un avión rumbo a Boston e ir a buscarle. Pero al final no lo hacía nunca. Sentía que no tenía derecho a hacerlo, tardé unos años pero al final comprendí que me había comportado como una cobarde. Tenía miedo de ver a Tim y pedirle perdón porque entonces él podría negármelo y no quería someter a Jeremy a esa clase de rechazo.

Él me asegura que me habría encontrado, que en su corazón sabe que jamás se habría casado con Susan y que habría encontrado la excusa para venir en mi busca. Es muy propio de Tim ser tan generoso, asumir que él es el culpable de nuestra separación, pero yo sé que no es así y aunque él no me deja decírselo en voz alta, voy a pasarme el resto de la vida compensándole por el daño que le he hecho.

—Eh, nada de ponerse triste —me dice él levantándome el rostro para mirarme a los ojos—. Estamos aquí juntos y no volveremos a separarnos, ¿de acuerdo?

—¿Cómo puedes estar tan seguro?

—Porque me amas y confías en mí. Has dejado toda tu vida en París para estar aquí conmigo y para darnos una oportunidad. Y porque te amo, Amanda.

—No he dejado mi vida, Tim, mi vida eres tú. Puedo abrir un restaurante en cualquier lugar del mundo, pero solo tengo un corazón y te lo di hace mucho tiempo.

—¡Mamá, papá! —Jeremy salta el último escalón y se planta ante nosotros, que estamos en el vestíbulo—. Me voy con el abuelo y la abuela, me han dicho que quieren llevarme de paseo por el barrio irlandés y que mañana por la mañana me dejarán comer tortitas.

Me aparto de Tim y le doy un beso a Jeremy en la mejilla.

—Está bien, pero pórtate bien con los abuelos. Y no te olvides de que mañana tienes que estar aquí a la hora de comer, papá quiere presentarte a su mejor amigo.

—No me olvidaré, estoy impaciente por conocer a Huracán Mac —dice emocionado.

—Vaya, creo que estoy celoso —se ríe Tim.

—Oh, no papá, tú eres mi jugador preferido —se lanza al cuello de su padre—, pero estamos hablando de Huracán.

—Lárgate de aquí —le dice Tim dándole un abrazo.

Mis padres se despiden y nos prometen que mañana lo devolverán a la hora acordada.

Tim y yo estamos a solas. Los viejos recuerdos que me abrumaron cuando volví a entrar en casa por primera vez se han ido esfumando, sé que no voy a olvidarnos, pero los nuevos son más intensos.

Tim carraspea detrás de mí y me sonríe cuando me doy la vuelta para mirarle. Está tramando algo, lo veo en sus ojos y en el hoyuelo que se marca en una de sus mejillas.

—¿Qué? —le pregunto sonrojada como una adolescente.

—Nada.

Me aparto y me dirijo a la cocina, no tengo nada qué hacer allí, pero me tranquiliza estar entre esos utensilios tan familiares.

—No sé si quiero abrir un restaurante —le digo a Tim mientras coloco algunos de los libros de recetas que me he traído desde París—. Creo que hablaré con Jason, él está mayor y ninguna de sus hijas quiere hacerse cargo de Silver Fork. Y a mí siempre me ha gustado. Además, así podría crear menús distintos para cada cliente, sería muy creativo.

Tim me rodea por la espalda y me besa la nuca.

—Bueno, personalmente creo que es una idea fantástica. —Me aparta el pelo y sigue besándome—. Yo siempre recordaré con muchísimo cariño cierta cena servida por las magníficas camareras de Silver Fork.

—Espero, por tu bien, que el plural sea una broma —le dio ladeando el cuello para que tenga mejor acceso.

Cuando no se olvida

Tim me coloca ambas manos en los hombros y me gira despacio, mi cuerpo queda atrapado entre la mesa de mármol que hay a mi espalda y las piernas y el torso de Tim.

—Por supuesto que es broma, Mandy.

Se agacha y sus labios se depositan en los míos. No puede dejar de besarme, lo siento en cómo respira pegado a mi piel y porque a mí me sucede exactamente lo mismo. Levanto las manos y con una le acaricio la nuca mientras que con la otra le toco uno de los brazos. Mueve despacio los labios, dándome nuevos recuerdos que almacenar en mi alma.

Cuando se separa, deja las palmas en la mesa detrás de mi espalda y me mira.

—Mañana vendrá Mac a comer —me dice.

—Lo sé.

—Y dentro de unas semanas se juega el primer partido de la nueva temporada. Jeremy empezará el colegio y tú...

—Me aparta un mechón de pelo y muevo el rostro para rozar mi mejilla con la palma de su mano— tú siempre has tenido muchos sueños, y volverás a tenerlos. Yo no. Mi único sueño has sido y eres tú. Y ahora por fin vuelvo a tenerte, para mí solo estamos tú y yo. —Se agacha un segundo y me besa suavemente los labios—. Todavía no puedo creerme que tengamos un hijo, y Jeremy es maravilloso. Y me adora. —Sonríe incrédulo muy cerca de mi rostro—. Pero mi sueño eres tú, Amanda. Nunca más dejaré de soñarte y esta noche, en este preciso momento, necesito estar solo contigo.

—Tal vez tengas razón y siempre haya tenido muchos sueños, pero tú eres el único que ha permanecido en mi corazón, el resto han ido cambiando. Puedo renunciar a todos ellos, pero a ti no renunciaré nunca más, Tim. No podría, te amo. Cuando me fui pensé que me protegía, pero en realidad me hice mucho daño. Y a ti también, y lo siento mucho.

—Lo sé —dice él ahora antes de coger aliento—. Yo también lo siento. Estoy impaciente por empezar el resto de nuestras vidas, lo estoy. Quiero ver crecer a Jeremy, quiero tener más hijos y vivir cada segundo contigo. Quiero estar a tu lado en cualquier proyecto que quieras emprender, si es quedarte con Silver Fork, perfecto. Si es abrir un restaurante, o mil, también. Pero hoy, esta noche, quiero sentir que de verdad no hemos olvidado nada, que nos amamos con la misma locura de siempre, que nos necesitamos tanto que la vida sin el otro carece de sentido.

—Oh, Tim. —Me pongo de puntillas, le beso y él me aparta sujetándome las muñecas con las manos.

—Durante todos estos años no he olvidado nada —susurra—. Absolutamente nada, pero si hay un recuerdo con el que me he atormentado, el que más me dolía siempre que aparecía en mi mente y se instalaba en mi corazón, es el del fin de semana en esa cabaña.

Me coloca las manos en su torso y con las suyas libres me sujeta el rostro.

—Nunca había estado así con ninguna mujer, nunca había sido capaz de sentir tanto con nadie. Y nadie, absolutamente nadie, se había entregado a mí de esa manera. Ese fin de semana sentí que me amabas, lo sentí corriéndome por las venas, pegándose a mis músculos. Te oí cuando dijiste que me enseñarías a amar. Y me enseñaste, Mandy. Debí decírtelo.

Cuando no se olvida

—Me lo demostraste.

—Deja que te lo demuestre otra vez y durante el resto de nuestras vidas.

Asiento y él se agacha para besarme, el aliento me roza los labios antes que su lengua y un gemido se escapa de los míos.

Tim vuelve a apartarse un último instante.

—Sé que en París hemos hecho el amor y ha sido maravilloso, pero esta noche necesito dejar de contenerme. En París no podía evitar pensar en Jeremy, en que podía perderos de nuevo a los dos, en que os podíais escurrir de entre mis dedos.

—Nunca existió esa posibilidad —afirmo entre dientes—. Nunca.

—Pero ahora estáis aquí, conmigo —sigue como si no me hubiera oído y comprendo que esas palabras salen de lo más profundo de él—. Ahora estás aquí y no vas a irte. Nunca. Y necesito sentirlo. ¿De acuerdo?

—De acuerdo.

Tim me coge entonces en brazos y se dirige a nuestro dormitorio.

—Te amo —pronuncia antes de besarme.

—Yo también te amo.

Lo sentimos en la piel y en nuestra alma, y nunca lo hemos olvidado.

Una semanas más tarde, cuando Tim juega el primer partido de la temporada, los periodistas siguen obsesionados con nosotros. El que Tim haya ignorado públicamente a su padre, el senador Delany, y haya dicho que nunca ha tenido ni tendrá intenciones de dedicarse a la política no ha contribuido a que pasemos desapercibidos. Me quedo sin aliento cuando veo el hombre en que se ha convertido Tim: fuerte, decidido, honesto, dispuesto a luchar hasta morir por las personas que ama.

Los primeros de esa lista somos nosotros, Jeremy y yo, pero él tiene un corazón tan grande que cabe más gente. Como Mac, por ejemplo, y también Tabita, a la que he visto antes de ir al partido y nos ha abrazado muy emocionada. Tim quiere convencerla para que deje de trabajar para sus padres y se retire a vivir tranquila y a cuidar de sus nietos, entre los que piensa incluir a Jeremy. De momento no la ha convencido, pero no creo que tarde en hacerlo.

Es la primera vez que veo jugar a Tim con el uniforme de los Patriots, porque durante los años que hemos estado separados me he negado a verlo por la televisión o por Internet. Me sentía como una intrusa haciéndolo, como si no tuviera derecho a entrar siquiera en esa parte de su vida.

Hoy, por fin, no solo he podido verlo sino que he sentido que jugaba solo para mí. Y no voy a mencionar lo atractivo que está vestido con el equipo. No, no voy a mencionarlo.

El partido se ha suspendido porque Mac ha sido noqueado y ha quedado inconsciente. Va a recuperarse, afortunadamente, a Tim le dolería mucho perder a su mejor amigo. Y doy gracias a los ángeles de la guarda de Mac por haberlo protegido.

El ángel en cuestión no es otra que Susan Lobato, la mujer que estuvo a punto de casarse con mi marido. Con-

Cuando no se olvida

fieso que aunque intenté disimular delante de Tim, estaba convencida de que cuando la viera querría arrancarle los ojos por haber osado tocarle, pero cuando ha llegado ese momento, cuando por fin he tenido delante de mí a Susan, me he dado cuenta de que nunca ha estado enamorada de Tim.

Susan Lobato está perdidamente enamorada de Mac, casi tanto como yo de Tim.

Me parece imposible que exista otra pareja en el mundo capaz de sentir la misma clase de amor que sentimos Tim y yo. Al fin y al cabo, Tim y yo ni siquiera tendríamos que habernos conocido y después habríamos tenido que olvidarnos.

—Mac se pondrá bien —afirma Tim entrando en nuestro dormitorio después de esa noche tan ajetreada.

Hemos abandonado corriendo el estadio para ir con Mac al hospital y no nos hemos ido de allí hasta que el doctor nos ha asegurado que se recuperará.

—Claro que sí.

Se sienta en la cama a mi lado.

—Hoy es la primera vez que he visto a Susan desde que anulé la boda y fui a París a buscarte. —Nota que toco nerviosa la sábana y coloca sus manos encima de las mías—. ¿Y sabes qué he sentido?

—No —trago saliva.

—Cariño, simpatía, ganas de abrazarla y de decirle que no se preocupara y que Mac iba a ponerse bien.

—Claro. —Se supone que soy una mujer comprensiva.

—Pero no he sentido ganas de besarla. —Tim me besa en los labios—. Ni de pedirle que me hiciera el amor. —Me tumba en la cama y se coloca encima de mí—. Ni de que suplicarle que me prometiese que no iba a abandonarme ni a olvidarme nunca.

—Nunca —susurro.

Aunque lo intentase no podría olvidar jamás a Tim. Él siempre ha sido lo mejor de mi vida, el sueño que he perseguido y, ahora que lo he alcanzado, no voy a dejar que se escape.

Jamás.

EPÍLOGO

*El amor es...
una locura muy sensata.*

Romeo y Julieta
William Shakespeare

Tras una liga extraordinaria los Patriots ganaron la Super Bowl, aunque ni a su capitán ni a su *quarterback* estrella les importó demasiado. El capitán Kev MacMurray tuvo a su primer hijo esa misma noche y Tim Delany había recuperado al amor de su vida, así que un premio deportivo, por prestigioso que fuese, apenas podía acercarse a la felicidad que sentía desde que Amanda estaba a su lado.

Sin embargo, esa noche Tim estaba preocupado.

Desde su regreso a Boston los días habían transcurrido a una velocidad trepidante, descubría tantas emociones que a menudo deseaba poder pararlas y saborearlas, procesarlas con el tiempo y la dedicación debidas. Amanda y él se habían pasado once años separados y los dos luchaban por recuperarlos. Había días, y noches, en los que los recuerdos que intentaban contarse los abrumaban, como cuando Tim insistió en que Amanda le contase cómo se sintió cuando supo que estaba embaraza de Jeremy o como cuando Amanda quiso que Tim le relatase qué pasó cuando decidió casarse con Susan.

Cuando no se olvida

Tim podía recordar perfectamente la sensación que lo embargó aquel día, y la discusión que tuvo con Mac cuando le contó lo que iba a hacer.

El comandante del avión anunció que en menos de cinco minutos iban a aterrizar en el aeropuerto Logan de Boston. Tim guardó el periódico que había estado leyendo y giró la cabeza hacia la mujer que estaba dormida en el asiento de al lado. Susan tenía la cabeza recostada en su hombro y las manos en el regazo, encima de la chaqueta. Instintivamente, Tim desvió la mirada hasta el anillo que brillaba rotundo en la mano derecha.

Un anillo de compromiso.

Le dio un vuelco el estómago y se dijo que se debía a la maniobra de acercamiento que estaba realizando el piloto del avión. Nada más. Susan y él tenían sentido, llevaban varios meses juntos y su relación era sencillamente perfecta. Era perfectamente lógico y natural que se casasen.

Tim había volado el viernes por la noche a Nueva York, donde Susan había estado trabajando toda la semana, para pasar con ella el fin de semana y volver juntos a Boston el lunes por la tarde. Cuando el viernes llegó al aeropuerto Kennedy ella no pudo ir a buscarlo porque estaba entrevistando a un político importante (el canal de televisión en el que trabajaba Susan estaba preparando un especial sobre las elecciones a la alcaldía de la ciudad de Nueva York) y Tim cogió un taxi hasta el lujoso hotel donde se hospedaban.

Dado que Susan no iba a terminar hasta más tarde, salió a pasear por la Quinta Avenida; siempre le había gustado el anonimato del que disfrutaba por esas calles. No era que allí no le reconocieran, ser el *quarterback* de los Patriots le había otorgado notoriedad nacional, era que a los neoyorquinos no les importaba verlo; estaban acostumbrados a cruzarse a diario con toda clase de famosos.

Antes de abandonar Boston no había pensado que iba a pedirle a Susan que se casase con él, en realidad, no lo había pensando nunca. Pero cuando pasó por delante de Tiffany's entró como si llevase meses planeándolo y aquel fuese su destino.

Eligió un anillo precioso, un diamante elegante y sofisticado que encajaba a la perfección con el estilo sobrio y profesional de Susan.

Le había pedido que se casase con él y ella había aceptado. Celebrarían la boda en Boston dentro de unos meses y a ella asistirían sus familias, sus amigos, importantes miembros de la cadena de televisión donde trabajaba Susan, el equipo de los Patriots y los políticos más relevantes del país.

«Qué distinta de mi otra boda.»

Sacudió la cabeza y se obligó a alejar aquel pensamiento de su mente. No iba a pensar en eso. No iba a pensar en ella. Jamás. Si empezaba, no podría parar. Bastante tenía con no haberla olvidado —aunque la gran mayoría de días se lo negaba incluso a sí mismo— y con tenerla metida en una parte imposible de arrancar de su alma. No iba a darle más poder.

Susan, gracias a Dios, abrió los ojos en ese instante.

—Hola —le dijo con la voz soñolienta—. ¿Ya hemos llegado?

—Estamos a punto de aterrizar.

Cuando no se olvida

El ruido del tren de aterrizaje desplegándose interrumpió la conversación y Tim aprovechó para recomponerse y sacudirse de encima aquella extraña y nada bien recibida añoranza que le había asaltado.

Habían pasado muchos años desde esa primera boda, una boda que no tenía nada que ver con la que iba a tener ahora, excepto Mac, su mejor amigo, y él. Mac sería el único que habría asistido a las dos porque aunque Susan y su amigo no podían soportarse, Mac iba a asistir a esta boda sí o sí.

Tim se negaba a casarse con otro padrino que no fuese Kev MacMurray.

El avión aterrizó y tras abandonarlo y recoger el equipaje Tim y Susan se dirigieron al parking en busca del vehículo que él había dejado allí estacionado el viernes. Mientras Tim conducía de regreso a la ciudad decidieron que esa noche iban a dormir separados, cada uno en su propio apartamento, pues ambos tenían cosas que hacer. Ninguno de los dos se enfadó por la decisión, era la más razonable y no tenían que dormir juntos todas las noches. Su relación no se basaba en eso. Después de la boda tal vez buscarían una casa, aunque lo más probable sería que se mudasen al apartamento de Tim; era el más espacioso de los dos.

Después de dejar a Susan en su casa y de ayudarla a subir el equipaje, Tim se despidió de ella con un beso y volvió al vehículo. Estaba demasiado alterado y nervioso para ir a casa, así que en un gesto casi automático buscó el móvil y llamó a Mac.

—¿Ya has vuelto? —le contestó su amigo de inmediato.

—Sí, acabo de dejar a Susan en su casa y he pensado que podríamos salir a tomar algo.

—Me encantaría, pero esta mañana, en el entrenamiento que te has saltado —añadió sarcástico—, Quin me ha embestido como si fuese un búfalo en medio de una estampida.

—Te estás haciendo viejo, Mac —se rio Tim.

—Y que lo digas. ¿Por qué no vienes a casa? Tengo un whisky excelente y prometo servírtelo en un vaso limpio, señor futuro gobernador.

—Eso todavía no está decidido.

—Ya veremos.

Mac colgó dando por hecho que Tim se dirigía hacia allí.

MacMurray vivía en una cabaña en medio del bosque. En un principio cualquiera que se fijase solo en la imagen pública de Huracán Mac, el capitán de los Patriots, diría que dicha residencia no encajaba con él. Pero Tim le conocía desde los diez años y sabía que era el lugar perfecto para que viviera su mejor amigo, y a él le encantaba visitarlo allí.

Aparcó el vehículo en la entrada y en cuanto salió de él vio aparecer a Mac frente a la puerta de madera de la cabaña. Había oído el motor del coche y había ido a recibir a su amigo.

—Tienes un aspecto horrible —le dijo Tim a Mac al ver el moratón que tenía en el ojo derecho, fruto de su colisión con Quin.

—Gracias. ¿Quieres que te eche de casa antes de entrar?

Tim se rio.

Cuando no se olvida

—No sabía que fueras tan vanidoso —le dijo cuando controló la risa.

—Pasa antes de que me arrepienta.

Tim entró y le dio una palmada en la espalda a ese hombre que era en realidad más un hermano que un amigo. Había habido una época en la que Tim había tenido las dos cosas, un hermano y un mejor amigo, pero Max, su hermano, había muerto y ahora solo le quedaba MacMurray.

Mac le preguntó por Nueva York mientras le servía el whisky que le había prometido y Tim intentó contestarle, pero de repente, como si no hubiese podido pasar ni un segundo más conteniéndolo, soltó:

—Le he pedido a Susan que se case conmigo.

Mac, que estaba dándole la espalda, se detuvo a mitad del movimiento que estaba haciendo y se quedó petrificado.

—¿Y qué ha dicho ella?

—Que sí, ha aceptado.

Mac soltó el aliento, Tim lo supo porque vio que los hombros de su amigo perdían parte de tensión, y se dio media vuelta.

—¿Acaso te has vuelto loco? —La pregunta de Mac dejó completamente confuso a Tim—. No estás enamorado de Susan Lobato.

—Por supuesto que lo estoy —se defendió Tim negando, igual que había hecho en el avión, el nudo que se le formó en el estómago.

—Y una mierda, tú no estás enamorado de esa mujer tan fría y estirada.

—No hace falta que te pongas así, Mac. Sé que Susan

nunca ha sido santo de tu devoción, pero no es necesario que la insultes.

—No la he insultado —levantó una mano al ver que su amigo iba a contradecirle—, pero aunque lo haya hecho eso no cambia que no estás enamorado de ella.

—¡Sí que lo estoy!

—No, no lo estás —repitió Mac sacudiendo la cabeza—. Joder, Tim, te vi con Amanda, ¿recuerdas?

—No quiero hablar de eso.

Mac caminó hasta donde estaba Tim y le entregó el vaso de whisky. Algo en su interior le dijo que su amigo lo necesitaba y los dos se terminaron sendas copas en cuestión de segundos.

—Llevas años fingiendo que Amanda no existió, Tim. Pero existió y la quisiste con locura.

—He dicho que no quiero hablar de eso.

Mac le cogió el vaso vacío y se dirigió de regreso al mueble donde guardaba esa botella de tan buen whisky.

—Dime una cosa— le dijo Mac como si nada, a pesar de que Tim se puso instintivamente a la defensiva—. Le pediste a Susan que se casase contigo cuándo, ¿ayer, el sábado, el viernes?

—El viernes —contestó Tim enarcando una ceja.

—Y hoy, lunes, llegáis a Boston y ella está en su casa y tú te irás a la tuya, ¿me equivoco?

—No, no te equivocas.

Mac se dio de nuevo media vuelta con los dos vasos llenos de whisky y le dio el suyo a Tim.

—Cuando estabas con Amanda removiste el mismísimo infierno para casarte con ella. Te peleaste con tu familia, le plantaste cara a tus padres y te fuiste a vivir con ella porque eras incapaz de pasar una noche sin ella. Me lo dijiste, Tim. Me cogiste un día y me dijiste que te morirías sin ella. Y no me digas que no recuerdas qué pasó cuando Amanda se fue...

—¡Cállate! —Tim dejó el vaso encima de la mesa que tenía al lado con tanta fuerza que derramó el líquido por los bordes—. Cállate, Mac. Solo he venido aquí para pedirte que fueras mi padrino, pero está visto que no eres el indicado, así que se lo pediré a Quin, o a cualquier otro.

—No digas estupideces, por supuesto que seré tu padrino, Tim —dijo el otro hombre furioso—. Pero como tu mejor amigo, es mi deber decirte que creo que estás cometiendo un error. Un grave error.

—¿Y cómo lo sabes? Tú jamás te has enamorado—. Apareció un brillo extraño en los ojos de Mac, pero Tim siguió adelante—. Tal vez el error fue Amanda, tal vez Susan es la mujer con la que tengo que pasar el resto de mi vida.

—Tal vez —reconoció Mac, y Tim soltó el aliento. Fue un error, pues su amigo añadió—: Pero si es así, ¿por qué no estás con ella ahora? ¿Por qué no quieres que el resto de tu vida empiece ya?

Tim bajó la vista, cogió el vaso y se bebió el whisky que había logrado permanecer dentro. Carraspeó al terminarlo y tras dejar la mirada completamente hueca de cualquier emoción, se enfrentó a su amigo.

—La boda será dentro de unos meses, espero que para entonces Susan y tú os llevéis mejor que ahora. ¿Puedo contar contigo, Mac?

Mac también vació su copa, el líquido le raspó la garganta pero se obligó a dirigirlo hacia el estómago.

—Por supuesto que puedes contar conmigo, Tim.

Los dos hombres se despidieron con palmadas en los hombros.

Esa noche, Tim se dijo que su extraña e inusual discusión con Mac se debía al cansancio del fin de semana y al avión. Por su parte, Mac la justificó diciendo que la embestida de Quin le había sacudido demasiado el cerebro.

Esa noche, Tim se maldijo por soñar con Amanda.

El casco de uno de sus compañeros cayó al suelo y le devolvió a la realidad. Ahora ya no tenía que soñar con Amanda para estar con ella y si lo hacía no se maldecía, sino que cuando se despertaba se daba media vuelta en la cama y le hacía el amor a su esposa (le encantaba pensar que Amanda siempre lo había sido, a pesar de todo).

Se levantó y fue a ducharse. Mike, su entrenador y muy buen amigo, le había dicho que el senador Delany estaba en el estadio.

El senador Timothy Delany y su esposa habían aceptado a Susan Lobato como prometida de su hijo Tim desde el principio. Susan tenía un espacio fijo en el programa de noticias de más audiencia y prestigio de Boston y pronto tendría el suyo propio, era elegante, discreta y de buena familia, su padre era un reconocido médico. Pero Tim nunca la había amado con locura, nunca había creído morir si ella no lo besaba y nunca había necesitado entrar dentro de ella para recuperar la cordura. Nunca había estado enamorado de Susan y siempre lo había estado de

Cuando no se olvida

Amanda. Una mujer a la que sus padres nunca habían aceptado.

A Tim le importaba una mierda la aceptación de sus padres, estos habían perdido todo su respeto y su cariño cuando decidieron que una campaña electoral era mucho más importante que el suicidio de uno de sus hijos. Sin embargo, le hervía la sangre solo con pensar en el daño que el senador le había hecho a Amanda.

Amanda insistía en que no le había abandonado por las dudas que sembró el senador en ella, pero Tim sabía que si su padre no hubiese aparecido en escena él habría podido evitar que Amanda se fuese.

O habría podido intentarlo.

Se metió bajo la ducha y se odió por no haber sido más maduro o más valiente once años atrás. Le costaba perdonarse porque por culpa del orgullo había estado separado de Amanda y de Jeremy demasiado tiempo. Se duchó con agua helada para sacudirse de encima los golpes que había recibido durante el partido. Salió cuando notó que le castañeteaban los dientes y se vistió con movimientos tensos y eficaces. Estaba tan furioso que incluso vibraba. Al terminar, cogió la bolsa y fue al encuentro del senador, por fortuna Amanda y Jer estaban en el hospital haciendo compañía a Mac. Él también habría ido a estar con su amigo en un momento tan importante, pero sin el capitán en el estadio le tocaba a él desempeñar ese cargo. Y una parte de Tim pensó que era mejor así, porque le dolería estar en el nacimiento del hijo de Mac y Susan y no haber estado en el del suyo.

Soltó el aliento y se prometió que cuando Amanda y él tuviesen otro no se lo perdería por nada del mundo. El corazón le latió de un modo distinto al imaginárselo y caminó decidido a resolver cuanto antes el asunto del senador para poder volver con su familia.

Llegó a la sala que el estadio tenía reservada para visitas importantes, como el presidente o artistas de Hollywood, y entró sin llamar. Dentro, efectivamente, se encontraba el senador Delany, su esposa y un miembro del cuerpo de seguridad.

—Felicidades por la Super Bowl, Tim —le tendió la mano con solemnidad.

—Gracias.

Tim se la estrechó y después se cruzó de brazos. No dejó la bolsa en el suelo ni hizo ademán de sentarse, no quería que pensasen que se iba a quedar.

—Será mejor que os deje solos.

La madre de Tim cogió un diminuto bolso que había encima de un sofá de cuero negro y se acercó a él. Le dio un beso en la mejilla con el mismo afecto que se lo daría a un invitado en una gala para recaudar fondos y salió de allí seguida por el guardaespaldas.

—He leído que estás pensando en retirarte, ¿es cierto?

El senador se acercó a un mueble provisto de excelentes licores y se sirvió una copa.

—Sí.

Él no tenía intención de mentirle, la noticia había salido publicada en varios medios, pero tampoco iba a entrar en detalles. No se los merecía, y seguro que tampoco le importaban.

—Excelente. —Bebió un poco antes de continuar—. Podemos empezar a trabajar de inmediato.

—Para, no sigas hablando. —Sentía arcadas al compro-

Cuando no se olvida

bar de cerca lo frío y calculador que era ese hombre—. No he venido aquí porque quiera hacer las paces contigo ni porque me haya olvidado del daño que nos hiciste a mí y a mi esposa, a mi familia.

—Todo eso forma parte del pasado, Tim, no seas infantil. Puedes ser un gran senador, y ya que veo que insistes en quedarte con tu camarera, seguro que podemos hacer algo para arreglarla.

Tim se arrepintió más tarde, pero en ese instante le sentó de maravilla darle un puñetazo a ese ser tan despreciable. El senador fue a parar al sillón que tenía detrás, con una mano se sujetaba la mandíbula y la otra la tenía apoyada en el reposabrazos de cuero. Al oír el ruido, el guardaespaldas entró en estampida en la sala y se quedó petrificado ante la escena que lo recibió.

El senador Delany se encontraba en una butaca con el labio partido y su hijo lo estaba mirando sin disimular que acababa de propinarle un golpe.

—Esto ha sido por Max, por Amanda, por Jeremy y por mí. No te atrevas a acercarte a mi familia o a mí de nuevo. Ante las cámaras finge tanto como quieras, pero aléjate de nosotros, senador. Y una última cosa —sonrió—, no solo no voy a dedicarme nunca a la política sino que hace años que voto al partido contrario.

Tim se dio media vuelta y se dirigió a la salida, el guardaespaldas sonrió cuando pasó a su lado y le abrió la puerta sin intentar detenerlo o amonestarle por haber golpeado a uno de los políticos más importantes del país (él también votaba al partido contrario).

Tras abandonar el estadio, Tim se dirigió directamente al hospital donde, según los mensajes que había recibido en el teléfono móvil hacía veinte minutos, había nacido el hijo de Mac y Susan.

Sonrió como un idiota en el coche, feliz por su amigo y por haber puesto punto y final a algo que debería haber terminado mucho tiempo atrás: su relación con el senador. Flexionó los dedos en el volante, el cretino de su padre tenía la mandíbula muy dura. No debería haberle pegado, lo sabía, pero de momento no podía evitar alegrarse de haberlo hecho.

Aparcó en el parking del hospital y subió lo más rápido que pudo a la planta de maternidad y, como si el destino supiese que no podía pasar ni un segundo más sin ver a Amanda, esta apareció frente a él cuando las puertas del ascensor se separaron.

Tim tiró de su esposa sin dudarlo y la encerró con él dentro. Estaban solos en el ascensor, aunque en realidad tampoco le hubiese importado que hubiera alguien más, y apretó el botón que lo detenía. Antes de que Amanda pudiese decirle nada, la besó.

La movió hasta apoyarla en la pared de cristal del ascensor y pegó sus cuerpos. Quería estar lo más cerca posible, incluso más. Le separó los labios con la fuerza y el deseo de los suyos y entró en su boca para poder respirar. Sin ella era incapaz de hacerlo. Amanda debió de notar su desesperación porque le devolvió el beso con la misma pasión, acariciándole el rostro suavemente con las manos para tranquilizarlo.

Fue a peor.

Tim no sabía qué le estaba pasando, él siempre necesitaba a Amanda, pero en aquel instante era sencillamente un anhelo incontrolable, un instinto que no quería ni podía controlar. Bajó una mano por el lateral de su esposa y apretó los dedos en su cintura. Estaba temblando, los dos lo estaban.

—Te amo, Amanda.

Interrumpió el beso para decirle lo que de verdad le había impulsado todo ese tiempo, la verdad que siempre había sentido viva dentro de él y que ahora protegería hasta el último aliento. Apoyó la frente en la de ella y no ocultó ni el deseo ni la desesperación, pero tampoco el amor.

—Te amo —le repitió—. Sé que no lo hemos hablado, todavía tenemos tanto pasado que recuperar que me da miedo pedirle algo al futuro, pero...

Se lamió los labios, hasta aquel instante no sabía que eran esas palabras las que necesitaba decirle.

—Chss, tranquilo, yo también te amo, Tim.

—Quiero tener otro hijo.

La estaba mirando fijamente a los ojos y vio que los abría y que dejaba de respirar. Se asustó, se había precipitado. La besó de nuevo para calmarse, para asegurarse de que Amanda seguía frente a él.

—Lo siento —susurró Tim al ver que ella seguía sin decir nada—. Lo siento, no quería presionarte. Contigo y Jeremy soy feliz, Dios, jamás creí que pudiera llegar a serlo tanto, así que...

—Estoy embarazada.

Tim tuvo que cerrar los ojos y sujetarse con ambas manos de la cintura de Amanda.

—¿Qué has dicho? —le preguntó con la voz ronca.

—Estoy embarazada, primero pensé que era un retraso por culpa de los nervios y del traslado, pero esta mañana me he hecho la prueba. No quería decírtelo antes del partido y yo... —se puso a llorar y hundió el rostro en el torso de Tim—, no habíamos hablado de ello y...

—Cállate, Mandy, siempre que me haces tan feliz hablas demasiado. Cállate.

La besó de nuevo, los dos tenían lágrimas en el rostro y sonrieron entre beso y beso. La voz de uno de los técnicos de mantenimiento del hospital los interrumpió cuando les preguntó si estaban bien y reinició la marcha del ascensor. Amanda se sonrojó, Tim se rio, le dio varios besos más y salió de allí sujetándola de la mano como si su vida dependiera de ello.

Y así era, Tim sin Amanda no tenía vida, nunca lo había olvidado.

Nueve meses más tarde nacía la preciosa Claire, una niña con ojos del color de la luna. La abuela Celine, que ya había vuelto a Boston, decretó que su leyenda por fin tenía el final que se merecía.

La mermelada de melocotón de Tim

Ingredientes:
- 1 kilo de melocotones
- 800 gramos de azúcar moreno o azúcar blanco
- 4 cucharadas de zumo de limón
- 2 clavos de olor (opcional)

Cómo prepararla:
- Comienza escaldando los melocotones en agua hirviendo, así te será mucho más fácil retirarles la piel. A continuación, quita el hueso de cada melocotón y trocéalo.

- En un cazo, mezcla los melocotones con el azúcar moreno o el azúcar blanco y déjalo reposar unos minutos.

- Pon a cocer, a fuego lento, el recipiente con el melocotón, el azúcar y el zumo de limón.

- Remueve hasta que el azúcar se haya disuelto e incorpora los clavos de especias, le dan un toque fantástico. Después, deja que cueza hasta que adquiera la textura de mermelada que más te guste, pero no te olvides de remover de vez en cuando para evitar que se pegue al fondo.

- Cuando te sientas feliz con la mermelada, y mientras todavía está caliente, rellena los botes de cristal previamente lavados. (Yo perdí un bote muy especial hace años).

Cuando no se olvida

•Vierte la preparación hasta medio centímetro por debajo del borde del bote, tápalo y colócalo boca abajo hasta que enfríe por completo.

Un último consejo:
Prepárala en verano, cuando los melocotones están dulces y brillantes. Y no la pruebes después de besar y perder al amor de tu vida.

NOTA DE LA AUTORA

Quiero dar las gracias a todo el equipo de HQÑ por el apoyo y por sus generosos consejos, en especial a María Eugenia y a Elisa por estar a mi lado y cuidar hasta el último detalle de *Cuando no se olvida*.

Hay amores para los que hay que estar preparado, amores que necesitan tiempo y valentía y que por ello son imposibles de olvidar. Así es el amor de Tim y Amanda y mi mayor deseo es que parte de él se quede contigo.

Si sientes curiosidad por Susan, la exprometida de Tim, puedes leer *Las reglas del juego* y verás qué sucede cuando Mac y ella discuten por una caja de bombones. Te prometo que no es lo que te esperas...

Últimos títulos publicados en Top Novel

Tierras salvajes – DIANA PALMER
Algo más que vecinos – ISABEL KEATS
Sueños de verano – SUSAN WIGGS
Tiempo de traiciones – ROSEMARY ROGERS
Nuevos comienzos – ROBYN CARR
Pasión de contrabando – BRENDA JOYCE
Los Montford – CANDACE CAMP
Tentando a la suerte – SUZANNE BROCKMANN
De repente, un verano – ROBYN CARR
Empezar de nuevo – ISABEL KEATS
Una luz en el mar – SUSAN WIGGS
Los Mackenzie – LINDA HOWARD
Una rosa en la tormenta – BRENDA JOYCE
Sabor a peligro – LORI FOSTER
Entre las azucenas olvidado – GEMA SAMARO
Cierra los ojos… – SUSAN WIGGS
Más allá del odio – DIANA PALMER
Historias nocturnas – NORA ROBERTS
Vacaciones al amor – ISABEL KEATS
Afterburn/Aftershock – SYLVIA DAY
Las reglas del juego – ANNA CASANOVAS
Luz de luna – ROBYN CARR
Cautivar a un dragón – LIS HALEY
Damas y libertinos – STEPHANIE LAURENS
Spanish Lady – CLAUDIA VELASCO
Mi alma gemela (Mo anam cara) – CAROLINE MARCH

www.ingramcontent.com/pod-product-compliance
Lightning Source LLC
LaVergne TN
LVHW030342070526
838199LV00067B/6411